50 centimes l'Ouvrage complet. Collection "In Extenso"

LÉON FRAPIÉ

L'Enfant Perdu

LA RENAISSANCE DU LIVRE
ÉD. MIGNOT, ÉDITEUR
78, Boulevard Saint-Michel. — PARIS

L'ENFANT PERDU

LÉON FRAPIÉ

L'ENFANT PERDU

PARIS

LA RENAISSANCE DU LIVRE

ÉD. MIGNOT, ÉDITEUR

78, BOULEVARD ST-MICHEL, 78

LÉON FRAPIÉ

Léon Frapié est un Parisisien dont la production littéraire est tout entière consacrée aux spectacles de la vie parisienne. Romancier, nouvelliste, auteur dramatique et conférencier, il peut être considéré comme un artiste de lettres complet.

Ses œuvres basées sur l'observation exacte resteront comme des documents nécessaires à l'étude de la vie contemporaine. En outre, ce qui fait de lui un écrivain à part, marqué d'une puissante originalité, c'est sa faculté d'émotion attendrie ou ironique. On peut dire qu'en maintes pages, il a touché le fond de l'émotivité humaine. Les traducteurs anglais ont souvent comparé ses dons de sensibilité à ceux de Charles Dickens.

Il commença par écrire dans les revues d'avant-garde : *La Plume*, *l'Enclos*, *l'Art social*, *la Revue Franco-Allemande*, etc., puis un prix obtenu à un concours littéraire du « *Journal* » mit le jeune écrivain en contact avec le grand public et dès lors les revues et les journaux les plus importants lui ouvrirent leurs colonnes : *La Grande Revue*, *La Revue des Revues*, *La Revue Bleue*, *La Revue hebdomadaire*, *Le Journal*, *Le Matin*, *La Petite République*, etc.

Toutefois, la grande célébrité ne lui vint que lorsque l'Académie Goncourt eut couronné son fameux livre *La Maternelle*. Ce roman traduit dans toutes les langues porta la renommée de son auteur aux quatre coins du monde. Ses autres romans, dont le retentissement dure encore, ont pour titres : *L'Institutrice de Province*, *Marcelin Gayard*, *Les Obsédés*, *La Proscrite*, *La Figurante*, *La Liseuse*. D'autre part, un grand nombre de ses nouvelles sont de véritables petits chefs-d'œuvre et il arrive pour Léon Frapié, comme pour Guy de Maupassant, que certains lecteurs sont tentés de préférer à ses romans ses volumes de nouvelles : *L'Écolière*, *La Boîte aux Gosses*, *M'ame Préciat*, *Les Contes de la Maternelle*, *La Mère Croquemitaine*, *Les Contes Imprévus*.

Le théâtre Antoine, le théâtre des Arts, le grand Guignol, le théâtre Mévisto ont représenté avec succès plusieurs pièces que Léon Frapié a faites seul ou en collaboration : *Marie d'août*, 3 actes, *A la Noce*, 2 actes, *Sévérité*, *La Première mise*, *Le Dépensier*, *Bloomfield and C°*, 1 acte. Enfin l'Université des Annales a récemment consacré son talent de conférencier.

Léon Frapié est membre de la Société des gens de lettres et de l'Association des critiques littéraires et bibliographes. On ne lui connaît aucune décoration, ce qui, pour un écrivain d'un tel rang, est encore une originalité.

L'ENFANT PERDU

Marie la Bretonne est une fille de vingt-huit ans, maigre, mais fortement charpentée. Elle a un peu une tête de lionne : une crinière rousse, ébouriffée, énorme, et une face toute ramassée : le front carré, les yeux verdâtres, changeants, sous l'arcade sourcilière menaçante, — le nez aplati et large, la mâchoire carnassière.

Elle habite par là-haut, rue des Plâtriers, avec son enfant, Loulou, qu'elle aime à sa façon, et elle vit de son métier de laveuse, sans compagnonnage masculin.

Et pourtant le mal d'amour la rend avide et frénétique, — pareille vraiment à une femelle de l'espèce féline. Mais ça la prend par crise d'une journée seulement, à intervalles normaux : changements de lune ou changements de saison. Alors, elle s'assouvit, sans désemparer, jusqu'à la pâmoison ; si un partenaire n'y suffit pas, elle en fait succéder plusieurs.

Ensuite, elle redevient, pour un certain laps de temps, une femme tranquille, maternelle et travailleuse.

Loulou lui ressemble; il a le front impérieux, les yeux luisants, les pommettes marquées, le nez léonin, — mais, dans l'ensemble, sa physionomie est pensive et affectueuse. C'est un enfant de cinq ans, châtain, toujours nu-tête, vêtu d'une veste et d'une culotte grises, trop larges, où ballotte son corps fluet.

***

Tout d'abord, aux jours ardents, Marie la Bretonne faisait garder Loulou par une voisine, durant les heures où elle n'était pas seule dans son gîte. Puis, quand il eut quatre ans, il acquit une singulière perception de toutes les choses ; son regard devint pénétrant, tenace et triste. Quand la voisine le ramenait, Marie la Bretonne se sentait gênée intolérablement, comme s'il avait vu au travers des murs.

Bientôt ce fut un phénomène inhérent à son état de folie périodique : l'heure venue, elle ne supportait plus de savoir Loulou respirant dans les environs. Sa folie et sa maternité étaient incompatibles, — à un moment donné, sa maternité devait cesser en quelque sorte. Alors, elle usa d'un procédé bien simple : dès les premiers symptômes de la crise, — oppression dans la poitrine, inquiétude dans les reins, lourdeur abdominale, — elle allait perdre Loulou, comme on va perdre un chien dont on ne veut plus.

Vous comprenez ? En même temps que l'état bestial se produisait, elle éprouvait un besoin irrésistible de ne plus être mère, de ne plus savoir où était son enfant, de cacher son enfant. Le cacher ou l'égarer c'était la même chose. Alors avec le métro, c'était vite fait, — elle emmenait Loulou dans un lointain quartier de Paris...

Que pouvait-il arriver ? Loulou reviendrait comme revient un chien perdu, — ou bien, il serait recueilli par l'autorité, et elle n'aurait qu'à aller le réclamer.

***

Loulou revenait, comme revient un chien perdu.

Dès le premier abandon, il façonna son âme à la circonstance : il ne pleura pas, il ne demanda pas son chemin, il ne s'adressa à personne; hagard, le nez au vent, il se contenta de courir pendant des heures.

Tout de suite, son cœur fidèle fut ainsi averti : un enfant ne doit pas dire qu'il est perdu de peur qu'on le prenne.

Loulou sentait bien ce grand danger : des mains étrangères, ennemies, inconnues, pouvaient le saisir, lui, petit être, sans attache, sans famille, sans maître.

Tout de suite aussi, le moyen de retrouver, à la longue, son logis lui apparut nettement : il fallait chercher les fortifs, — une fois les fortifications rejointes en un point quelconque, il n'avait qu'à les suivre, jusqu'à ce qu'il aperçût le débouché de sa rue des Plâtriers.

Et il possédait cet instinct des animaux amphibies qui, portés dans un endroit sec, savent toujours choisir l'unique direction conduisant à l'eau. Lui, au centre de Paris, où il était le plus dépaysé, il flairait, il tâtait avec sa vitalité frémissante le coin d'univers environnant — l'air, le pavé, les maisons, les passants, les ruisseaux, — et par l'apparence, par l'odeur, par la couleur, par les formes enveloppantes, il découvrait, d'oblique en oblique, la pente allant aux fortifications.

***

Il soupçonna bien vite que sa mère faisait exprès de l'égarer.

Quel chagrin secret ! Quelle atteinte à son affection et à sa fierté intimes ! Sa rue retrouvée, il ne se précipitait pas à la porte de la chambre, — il restait dehors, en face de l'allée de la maison, immobile, sombre, contracté. Et quand sa mère apparaissait, il faisait semblant de rattacher son soulier, il avait l'air de revenir de jouer, il s'obstinait à ne pas la regarder. Elle devait parler la première :

— Ah ! te voilà...

Une fois, il ne revint qu'à l'aube, après avoir dormi dans un coin de chantier, — tellement il avait été bien dépisté, la veille.

Sa mère, inquiète pour de bon, voulut dissimuler.

— Où étais-tu donc, que je t'ai cherché partout ?

Il lui décocha un tel regard, qu'elle courba le front, et il dit lentement :

— J'étais resté en arrière.

Puis, cela devint de plus en plus difficile de perdre Loulou ; il se méfiait, il courait après sa mère ; elle fut obligée de le faire boire. Puis encore, il voulut refuser de boire ; elle le battit, elle le força.

Mais il allait vite à vieillir ; il ne tarda pas à comprendre, à sentir qu'une sorte de nécessité surgissait parfois et qu'il fallait s'y résigner comme on se résigne à la nuit. Il pardonna à sa mère, — car le lendemain de chaque abandon, elle était triste, elle avait des remords.

***

Maintenant qu'il a cinq ans, la difficulté n'existe plus. Il sait, il est raisonnable.

Quand sa mère, le matin, gronde, ronronne, rugit, les yeux phosphorescents, les narines mobiles, — quand elle rôde par la chambre, le dos frissonnant, les reins ondulants, — il sait qu'elle ne doit pas être vue, ni approchée, « qu'elle ne doit plus avoir d'enfant » jusqu'au soir.

Il s'en va. Le visage serré, les yeux fixes, les pommettes plus saillantes, la moue douloureuse, il file le long des rues, sans regarder, au hasard ; longtemps, longtemps, il chemine sans s'arrêter.

Pour que sa maman n'ait pas de chagrin, pour n'avoir pas à mal penser d'elle, — pour que sa maman ne soit pas une méchante femme allant perdre son pauvre petit, — il va se perdre tout seul.

La Joueuse

Lucile de Mitriel était une jolie femme de vingt-cinq ans, brune, pâle, aux traits d'une régularité mystique, au sourire noble et pensif.

Instruite, spirituelle et généreuse de cœur, elle se piquait de féminisme, à bon droit d'ailleurs, car elle était bonne avec les autres femmes. Sans quitter sa majesté de déesse, elle savait traiter en égales les plus pauvres créatures.

Et vraiment, y mît-elle de la coquetterie et obéît-elle inconsciemment au sens artiste de l'antithèse, son attitude n'en était pas moins admirable et délicieuse.

Mais c'était surtout une femme de caractère.

Le divorce l'ayant délivrée d'un mauvais époux, elle avait juré de demeurer insensible désormais à toutes les manifestations de la galanterie, même les plus honnêtes.

Cette décision avait fort ému ses amis, et ils avaient vu là un défi blessant porté à la valeur masculine. Mais alors, au nom du loyal bon sens, ils avaient demandé à Lucile d'accepter que l'on jouât contre elle et de se montrer bonne joueuse, en un mot de tolérer qu'on lui fît la cour.

— Tout vous est permis, sauf la violence, avait-elle répondu avec une hardie sérénité. Je veux être, au regard du sexe fort, le type d'une nouvelle espèce de femme : l'imprenable. La vie et le roman ont par trop abusé de la sensibilité exclusivement féminine; je veux bien conserver la bonté commune à tout le monde, mais je prétends ne plus donner prise à aucun prétendant par l'émotion traditionnelle d'amour et de maternité.

En effet, pendant deux années, toutes sortes de conquérants avaient inutilement présenté à Lucile leurs ruses et leurs dévotions.

***

Un jour, le romancier Georges Randioux fut introduit dans l'atelier d'un peintre célèbre, au milieu d'une société d'hommes et de femmes où il ne connaissait personne et où se trouvait Lucile. On ne faisait pas de présentations; Randioux fut simplement nommé au maître du logis.

Un mystificateur ayant entendu son nom se précipita.

— Ah! Monsieur, nous serions heureux de connaître votre opinion de psychologue sur une femme jeune et désirable : Mme Lucile de Mitriel, qui se dit réfractaire par insensibilité à tout hommage du sexe fort.

Randioux, intéressé, emballé, demanda des renseignements sur la dame en question.

Cela devenait très amusant; l'on fit le portrait de la Lucile présente, on décrivit son caractère, chacun plaçait un mot. Lucile même en arrière lança une appréciation.

— Sa beauté impressionnante est toute mélangée de profane et de divin.

— Elle est assez grande et on lui devine un corps souple et parfait toujours à l'aise dans les fourreaux les plus sanglés...

— Le charme caressant de ses yeux profonds et de sa bouche aimable adoucit la dureté du contraste entre le noir tranchant des sourcils et des cheveux et le mat satiné de la peau.

— Elle est douée d'un esprit très fin et ne dédaigne pas d'en faire montre...

A la fin Randioux s'exclama :

— Mais votre Lucile est la plus femme des femmes, c'est-à-dire la plus prenable au jeu de la sensibilité.

Alors le mystificateur gravement :

— Est-ce que vous vous croiriez capable, Monsieur, de prouver votre assertion, *en fait!*

Randioux se campa :

— Certainement et sans aucune fatuité, car il ne s'agit pas d'exercer une charme physique, je me fais fort d'émouvoir votre insensible et si quelqu'un à l'occasion daignait me présenter...

— Tournez-vous, Monsieur, saluez, vous êtes présenté.

Stupeur de Randioux et hilarité de tous. Lucile riait franchement au nez du paladin, ce qui, dans le tournoi galant, est la plus terrible manière de démonter son adversaire.

Cependant Randioux reprit vite son aplomb.

C'était un garçon élégant, ayant à peine dépassé la trentaine, point séduisant, mais au visage heurté, énigmatique, un peu douloureux.

Pour atténuer la brutalité du pari, il dit à Lucile avec un sourire révérencieux :

— Je joue, Madame, que vous me donnerez un baiser par sensibilité féminine avant deux mois échus.

Et la partie s'engagea banalement par échange de conversations, de lettres et de visites.

***

Un après-midi, dès que Lucile fut arrivée chez lui, sur invitation acceptée, Randioux ferma la porte du salon, retira la clef et montra la pendule :

— Si vous voulez sortir d'ici avant une heure, vous me donnerez un baiser.

Il s'installa sur un canapé, le dos tourné à la fenêtre ouverte et se mit à fumer, l'air nonchalant et rêveur.

Lucile se moqua :

— Quoi! parce que je ne vous ai jamais accordé, ici, plus d'un quart d'heure d'entretien, vous pensez me réduire par impatience en quadruplant le temps? Quel singulier calcul! Ah! ce n'est pas encore aujourd'hui que vous gagnerez la partie!...

Elle papillonnait devant les meubles, déplaçant les bibelots, les livres, les estampes.

Soudain arriva de la cour un rire d'enfant, un de ces rires perçants qui prennent aux nerfs.

Lucile alla regarder.

— Monsieur Randioux! s'écria-t-elle, la fillette de vos voisins paraît être seule, et elle s'amuse à faire miroiter le battant de la fenêtre auprès duquel se trouve un escabeau très haut. Venez donc voir; il y a là un véritable danger.

— Chère Madame, du moment que vous m'invitez à bouger, je m'incruste à ma place; c'est mon jeu.

Lucile continua extrêmement agitée :

— Ah! mon Dieu!... juste ce que je craignais : l'enfant grimpe les marches... Il ne s'agit plus de jeu!... Laissez-moi sortir tout de suite : si je me montre, de chez vous, l'enfant se penche et je provoque sa chute; mais au contraire, en allant sur le palier, en frappant, je la ferai tourner vers l'intérieur et sans doute descendre; je l'appellerai... Mais vite! vite! Monsieur Randioux, la clef!...

— Au jeu, on profite de tout! Un baiser ou vous ne sortirez pas avant que l'heure ne soit écoulée.

Lucile se fit suppliante.

— Voyons!... voyons!... Il faut secourir cette enfant!... Son buste dépasse l'appui de la fenêtre!... Elle monte encore!... Il n'y a plus rien pour la retenir!... Elle gesticule!... Ah! tout de suite! tout de suite! de grâce, laissez-moi aller!...

— Un baiser?

Alors, la fureur :

— Mais vous êtes donc un misérable! un assassin! un monstre...! Hein! vous ne cédez pas?... Tenez donc, après tout, je vous embrasse comme aussi bien je vous mordrais, et ça ne compte pas, c'est volé! Ouvrez!.. Ouvrez!...

Lucile se précipite. Par chance on peut entrer chez les voisins; elle agit doucement, elle guette, se glisse, et d'un bond de tigresse elle fond sur l'enfant, elle l'enlève de l'escabeau et l'emporte en la serrant dans ses griffes frémissantes....

Randioux, qui était venu voir, lança un éclat de rire et s'esquiva. Tout aussitôt Lucile demeura saisie... et renseignée : elle avait été prise au coup de l'enfant qui va tomber dans le vide.

En dehors de la fenêtre était assujetti un mince filet de soie bleue pâle, invisible à distance et qui aurait paré à tout accident. De plus l'enfant avouait qu'elle avait répété plusieurs fois, avec le monsieur, l'exercice de l'escabeau qu'elle venait d'exécuter par ordre.

Lucile retourna, indignée, sur le seuil du salon où Randioux, de nouveau, rêvait à demi étendu, face à la porte :

— Pas très malin ce que vous avez imaginé, Monsieur! Et dans tous les cas, c'est une tricherie, vous n'avez pas gagné, et à cause de votre déloyauté, je romps avec vous! Je ne vous reverrai plus jamais!...

Randioux en extase, la voix chantante, s'écria :

— Mais si! j'ai gagné et bien gagné! Vous m'avez donné un baiser par sensibilité féminine! Un tel élan de sensibilité aveugle vous a emportée que vous n'avez pas éventé mon piège, assez gros cependant! Car enfin, pourquoi vous aurais-je enfermée?... J'ai prouvé que vous n'étiez pas d'une espèce nouvelle : vous n'êtes qu'une simple et admirable femme. Vous diffamiez ingénument votre sexe. « Je n'ai pas de sentiment, aucune fibre en moi ne tressaille, » disiez-vous. Ah! pauvre, pauvre créature femelle! tragique et douloureuse créature! Vous avez été prise comme la première venue, comme la plus haut placée ou la dernière des dernières aurait pu l'être, par où l'on prendra éternellement vos pareilles!... Et je n'ai pas triché! Et si votre baiser vous l'avez donné *par échange*, vous n'en êtes que plus pareille aux autres femmes!... Et si, contre toute évidence, vous niez avoir perdu, si vous êtes mauvaise joueuse, encore une ressemblance de plus avec les autres!... Je ne vous reverrai plus? Tant pis! Mais vous n'empêcherez pas que j'aie eu le meilleur de vous : l'âme, le cri de race! Ah! laissez-moi pleurer de bonheur, laissez-moi exhaler ma joie reconnaissante d'avoir éprouvé la sublime bonté plus grande, plus forte que tout au monde, la bonté éternelle, intuable, existant chez toutes, partout et toujours! — la bonté de la femme, jaillissant malgré elle, malgré le refus de sa volonté et malgré le parjure de sa voix!

Il riait et pleurait, ravi, ébloui, attendri et victorieux.

Personne n'aurait pu supporter d'être l'objet d'un tel délire de triomphe et de dévotion. Prise d'une rage folle, Lucile se jeta sur Randioux, frappant à tort et travers de ses petits poings nerveux et vociférant :

— Menteur! fourbe! lâche! trompeur!

Randioux aurait voulu demeurer impassible, mais Lucile portait des coups vraiment trop serrés. Alors il fallut bien qu'il la saisît aux poignets, et comme aussitôt, sans un effort de résistance, les yeux chavirés, la poitrine en arrière, elle balbutiait tout bas : « Non! mon ami!... Je vous en prie!.., Je ne le ferai plus!... Epargnez-moi!... » il fallut bien encore que Randioux ajoutât le rapt suprême au dol impardonnable que lui reprochait déjà Lucile....

Les Chaussures

On venait de toucher les travaux supplémentaires du trimestre.

Grâce à un prélèvement sur cette allocation variable, messieurs les employés mariés possédaient un budget secret dont ils ne rendaient pas compte à leur femme. Cet argent restait dans le tiroir à clef de leur pupitre, car chez eux il eût été à merci d'une découverte accidentelle ou préméditée.

Chacun puisait au fur et à mesure dans sa caisse noire.

Lefoc s'offrait l'apéritif quotidien. Bijoin, dans la rue, fumait des londrès au lieu des cigares à deux sous, seuls autorisés à la maison. Mindouzy, fêtard platonique, achetait des albums gais et des photographies d'actrices. Quant à Landinet, l'aristocrate du bureau, il se chaussait luxueusement ; il comptait dix-huit francs, chez lui, des bottines achetées quarante francs — et le mensonge passait d'autant plus facilement qu'entre autres missions de confiance, sa femme lui réservait celle de cirer les chaussures.

Des plaisanteries inlassablement réchauffées célébraient l'émargement trimestriel. Chacun trouvait quelque peu ridicule la destination donnée par le voisin à ses fonds secrets.

Les moqueries s'adressaient principalement à Landinet, parce qu'on jalousait son élégance et parce qu'il s'excitait au moindre mot.

— Messieurs, annonçait Lefoc, notre collègue Landinet va bientôt acquérir de nouveaux mérites. Vous savez en effet que le mérite des gens brille à leurs pieds et non pas à leur front.

— Dis-moi quel « mégis » tu chausses, je te dirai qui tu es, déclamait Bijoin.

Landinet criait sa conviction :

— Riez tant que vous voudrez, cela n'empêchera pas que la chaussure soit la partie la plus remarquée de l'habillement. On vous excusera d'avoir un chapeau douteux, un pardessus négligé, on ne vous pardonnera pas des bottines grimaçantes. Et voyons,

Mindouzy, vous qui aimez le beau sexe, est-ce que la chaussure n'ajoute pas au charme d'une femme ? Quoi de plus émouvant qu'un petit pied féminin bien ganté !

***

Les quatre collègues, attachés au service d'assistance générale, appartenaient à la deuxième division où l'on s'occupait du placement des enfants anormaux, déséquilibrés ou arriérés, que les parents indigents ne pouvaient soigner à la maison.

Les enfants étaient tout d'abord envoyés à l'hospice de Valcause, considéré comme hospice parisien, malgré sa situation à trente-cinq kilomètres de la capitale.

Mais ce placement, déjà si éloigné, n'était pas définitif. Au bout d'une année environ, à raison de l'encombrement des locaux hospitaliers, un certain nombre d'incurables étaient expédiés dans des établissements de province extrêmement lointains, — l'entretien des jeunes pensionnaires au compte de l'administration coûtant d'autant moins cher que la distance de Paris était plus considérable.

Ce transport en province équivalait donc, pour les parents pauvres, à une séparation éternelle. Aussi se livraient-ils à des démarches et à des supplications affolées, dans le vain espoir d'empêcher le départ de leurs enfants.

Mais rien ne pouvait prévaloir contre ce fait brutal : le manque de place. Et périodiquement des transports s'effectuaient malgré les larmes des mères.

Toutefois, puisque tous les enfants ne partaient pas, l'on s'efforçait — par une désignation logique des sacrifiés et des privilégiés — de mettre le moins possible d'injustice dans la cruauté nécessaire.

On gardait à l'hospice de Valcause les enfants les plus visités par leur famille en vertu de ce raisonnement assez sage : le transfert sans retour devait le moins affliger les parents qui, par la rareté de leurs visites, avaient déjà commencé l'abandon.

En conséquence, la liste des transférables s'établissait toute seule, simplement, d'après la statistique des visites familiales. L'hospice étant ouvert au public le jeudi et dimanche, chaque enfant pouvait recevoir dans le trimestre un maximun de trente visites. On reléguait tous ceux qui n'avaient pas reçu au moins dix visites.

Quand les parents, invités pour la forme — ô combien pour la forme — à faire connaître leurs objections, venaient gémir au bureau des hospitalisations en province, on leur exposait le cas de force majeure, la nécessité de faire place à de nouveaux admis par l'éloignement des malades anciens. Comme fioriture, au besoin, on maudissait la fatalité qui créait des enfants anormaux et qui les créait en si grand nombre.

Si, après cela, les parents protestaient encore contre le mesure qui les frappait, non par fatalité. mais par le choix administrativement établi, on leur clouait la bouche d'une explication péremptoire : les enfants maintenus à proximité de Paris étaient ceux que l'on venait voir tous les jeudis et tous les dimanches, le simple bon sens voulait que la faveur du « maintien » fût réservée aux gens qui faisaient le sacrifice de se déranger le plus fréquemment.

Pourtant, un cas exceptionnel surgissait de loin en loin.

Une femme seule au monde, veuve ou abandonnée, se présentait, voulant à toute force empêcher l'exil de son enfant. Elle parlait interminablement, avec une volubilité haletante, elle avait réponse à tout, elle criait, menaçait, suppliait, divaguait, désespérément elle se débattait; ses mains, tour à tour, griffaient et caressaient le bois des tables, ses yeux éperdus, sa bouche frémissante, tour à tour invoquaient chacun des employés, puis chacun même des meubles du bureau ! On avait beau répéter l'immuable explication, elle ne voulait pas croire, elle ne voulait pas comprendre, jusqu'à ce que, tout à coup, l'inutilité de son effort lui apparût : alors, quelque chose en elle se cassait tout net, elle devenait sans voix aussi exagérément qu'elle avait été loquace, elle demeurait pendant un moment pétrifiée, immobile aussi exagérément qu'elle avait été agitée, elle considérait la réalité avec une horreur indicible, puis pendante, disloquée, elle partait. Et ce n'était plus une furie, ce n'était plus une femelle défendant son petit, ce n'était plus une femme gémissante qui s'en allait, c'était une marionnette sinistre glissant à son destin.

On sonnait Gouju, le garçon de bureau; il s'élançait derrière la femme, il la suivait. Et il avait un chic tout particulier pour la saisir par son jupon, juste au moment où elle franchissait le parapet pour piquer dans la Seine, juste au moment où elle plongeait sous les roues d'un tramway.

Alors, puisque ce n'était pas « du battage », on accordait un sursis de transfert pour l'enfant de cette triste mère.

En dehors de cette démonstration effective, il n'y avait pas d'éloquence qui pût faire obtenir un « maintien de faveur », aucun exemple, aucun précédent n'existaient dans les annales du service d'assistance générale.

*
* *

Ce jour-là, comme trois heures sonnaient, le garçon de bureau ouvrit la porte et introduisit une femme tenant à la main une lettre de convocation.

Elle tombait bien, la bonne femme! Venir geindre sur le départ de son moutard, au moment où les employés fêtaient la Sainte-Gratification.

Si la moindre faveur avait été possible, on la lui aurait refusée, rien que pour son importunité.

Ces messieurs se regardèrent en grommelant. Bijoin prit la convocation; Lefoc, en lui apportant le dossier, se pencha et murmura tout bas :

— Expédiez-la vivement; hein! pas de discours! Aplatissez-la tout de suite avec la statistique des visites.

En effet, à peine la solliciteuse eut-elle exposé sa requête que Bijoin lui coupa la parole et formula le refus traditionnel, avec quelle force, quelle netteté irréfutable : le chiffre dérisoire de six visites était inscrit à son actif pour tout le trimestre!

Et voilà que cette femme inconsciente, stupide, privée du sens du ridicule, osait insister!

Pour le coup, Mindouzy intervint d'une voix tonitruante :

— Enfin, Madame, vous n'allez pas nous prouver que vos six visites démontrent autant d'affection que les trente déplacements des autres mères!

Landinet, non plus, ne se tint pas de fulminer :

— La comparaison est là, Madame! n'essayez pas d'y contredire!

La femme, toute menue, toute chétive, ne parut pas foudroyée; elle reprit avec une grande douceur :

— Certainement, ces mères ont leur mérite, car voilà bien du temps de dépensé et bien des frais de chemin de fer pour avoir fait trente visites! Moi, à cause de mon travail, qui rapporte si peu, deux francs pour dix heures, et à cause du salaire supprimé les jours de chômage, il ne m'a jamais été possible d'amasser les cinquante sous pour le voyage aller et retour par le train. Alors, je vais à pied voir mon enfant, là-bas, à Valcause, je reviens à pied, ce qui fait soixante-dix kilomètres. Dame! je pars de nuit et je m'en retourne de nuit! Et la route est dure par les temps d'hiver que nous avons subis, la pluie, la boue, le vent...

Soudain, les employés qui, littéralement, n'avaient pas vu cette femme, la regardèrent avec stupeur, avec épouvante.

Ils virent cette pauvresse à deux francs les dix heures de travail qui avait pour unique joie sur terre d'embrasser son enfant idiot, à condition de faire soixante-dix kilomètres!... Oui, la figure enfantine, insensible aux baisers, c'était sa récompense, à elle, après la peine du voyage, et c'était son viatique, à elle, contre la fatigue du retour, et c'était son rêve, à elle, pendant la quinzaine solitaire.

Elle n'avait pas d'âge; c'était une petite femme bien peuple, à l'air bien dévoué, bien résigné, avec un tablier bleu et un fichu de laine sur la tête.

Les heures à quatre sous avaient usé sa chair, avaient éteint ses yeux, vidé ses joues, avaient déjeté ses épaules et courbé l'arête de son dos. Il n'y avait plus ni substance ni animation dans ce corps lamentable, il n'y avait même plus de récrimination contre rien, ni contre personne. Tout ce qui peut s'abolir était détruit, il ne restait plus que l'intuable.

Il ne restait plus que le sentiment maternel

qui rend une infime créature capable d'affronter la puissance des édifices administratifs aux façades cubiques, inexorables, et la solennité des couloirs aux parquets cirés, et l'étagement des cartons verts, et les redingotes de ces messieurs les employés. Il ne restait plus que l'intuable sentiment qui rend une chétive créature capable de franchir d'invraisemblables distances.

Et voilà que la solliciteuse parla encore tout doucement :

— Si vous saviez comme le chemin est pénible! Surtout qu'on n'est pas très bien chaussé!...

Cette dernière phrase produisit un effet énorme, tant elle créait une singulière coïncidence après la plaidoirie de Landinet en faveur des chaussures élégantes, après l'évocation émouvaute d'un petit pied finement chaussé.

Tous les yeux s'abaissèrent et l'on vit les chaussures qui — cet hiver de neige et de boue — avaient fait six fois le nocturne trajet. Mais étaient-ce bien des chaussures, ces objets écrasés auprès de quoi les plus comiques godillots auraient paru somptueux! Dans tous les cas, il n'était pas possible d'en supporter la vue sans sourciller : il fallait se tordre de rire ou bien se crisper d'envie de pleurer.

Ces messieurs eurent, tous quatre simultanément, à poursuivre un examen de papiers qui cacha leur visage un long moment.

Et malgré l'irréfutable force des chiffres, l'enfant aux six visites ne fut pas transféré en province.

***

Ces messieurs de l'administration ne sont pas si bizarres que le content les nouvellistes. A tout bien observer, ils sont pareils à la moyenne des braves gens que l'on rencontre n'importe où.

Il arriva que Landinet n'éprouva plus aucune satisfaction à porter ses insolentes bottines à quarante francs, il se chaussa pour de bon à dix-huit francs. Et périodiquement, on le surprit derrière ses dossiers écrivant et cachetant une lettre clandestine.

Les collègues feignirent de ne pas savoir pourquoi les goûts de Landinet avaient subitement changé, et de ne pas deviner à quoi il appliquait maintenant ses fonds secrets.

Seulement, on répandit cette dénonciation facétieuse que Landinet écrivait à sa brune ou à sa blonde, peut-être même à l'une et à l'autre!

On riait sans conviction, mais cette médiocre plaisanterie suffisait pour que Landinet ne fût pas gêné devant les collègues de réaliser une bonne action et pour que les collègues ne fussent pas gênés devant lui par cette bonne action.

Car, nous le savons tous, une action douteuse s'avoue sans vergogne entre camarades: on s'est un peu grisé, on a un peu scandalisé le bourgeois, par exemple — cela se raconte aisément et s'écoute avec complaisance. Mais avouer que l'on envoie dix francs à une pauvre femme pour l'achat de chaussures ou de billets de chemins de fer, non! non! ça ne se peut pas! On rougirait — et les collègues eux-mêmes, un peu honteux, ne sauraient quelle contenance prendre. Non! non! il faut masquer cela par l'équivoque d'une plaisanterie.

— Messieurs! criait Bijoin, c'est scandaleux! Landinet rédige une correspondance tellement immorale qu'il se dissimule à nos regards honnêtes,

Landinet répondait de façon à continuer la facétie :

— Que voulez-vous, Messieurs! l'homme est faible... j'ai rencontré la suprême beauté....

Il faisait semblant de sourire avec délices, cependant que dans son imagination passait le fantôme hagard de la « femme aux chaussures » boitant le long des routes dans la lugubre nuit.

Une Paire d'amis

Le facteur Morand, du bourg de Kerval, en Bretagne, offrait un type si caractérisé qu'on l'avait campé, en illustration de carte postale, avec son képi, sa blouse bleue, son sac et son bâton. C'était un petit vieux à visage énergique, le front proéminent, rocheux, les yeux clairs, le nez en bec d'aigle et le menton avancé pour répéter encore l'obstination brutale du front

Depuis qu'il avait obtenu un bon numéro à la conscription, plusieurs autres événements favorables — et, par exemple, la mort subite de sa femme, une vraie mégère, — faisaient dire de lui « qu'il était bien avec le bon Dieu ».

A mesure que l'âge et l'expérience lui avaient permis de formuler certaines prédictions justifiées par les faits, il en était venu à ne pas douter lui-même de ses excellentes relations avec le bon Dieu, sans toutefois décider si c'etait le bon Dieu qui exauçait ses vœux, ou bien s'il entendait lui-même la volonté du Très-Haut. Et comme, de plus, son métier en faisait un individu à part, il avait pris peu à peu la mentalité d'un Elu ; de là, chez lui, une façon de parler sans réplique, d'agir sans vergogne, et surtout de *croire* à sa manière, de là un prodigieux entêtement.

Il vaticinait volontiers, Par exemple il n'aimait pas les paresseux, il ne se gênait nullement pour vitupérer deux ou trois godailleurs toujours au cabaret et pour leur annoncer, à brave échéance, une punition du ciel,

***

L'année où il devait atteindre sa retraite et goûter un repos bien gagné, voilà qu'un jour, en faisant la levée au hameau d'Hétel, il s'aperçut que l'unique lettre de la boîte était adressée au bon Dieu !

Immédiatement il s'absorba dans de graves réflexions, tout en s'en allant par la campagne :

— Ce n'était pas une lettre à remettre à la buraliste... ni au curé. Car il existait entre lui et le curé une rivalité bien compréhensible... Mais au fait une correspondance avec le bon Dieu, ça le regardait spécialement, lui Morand.

Dissimulé derrière un menhir, il ouvrit l'enveloppe. C'était une lettre d'enfant :

« Monsieur le bon Dieu,

« Y a grand-père qui dit comme ça que le feu devrait bien prendre au hangar des Petits-Clos qui fait de l'ombre sur son verger et empêche tous ses fruits de mûrir. Vous savez comme il a mal aux reins et déjà qu'on est pas riche. On se couche encore assez souvent sans souper. Alors si vous pouviez faire comme à la grange aux Mousses qui a si bien brûlé par un temps d'orage, je vous remercierais bien. Et j'ai l'honneur de vous saluer.

« Jean Pruna. »

Le père Morand mit la lettre dans sa poche et reprit sa route en frappant rudement le sol, de son bâton, signe d'extrême perplexité.

— Ah ! oui, pensait-il, les Pruna étaient bien dignes de commisération. La malchance avait accablé la famille, réduite aujourd'hui au vieux et au petit-fils.

Il marquait chaque enjambée d'un coup sonore sur la terre gelée.

— Il ne faudrait pourtant pas que cet enfant perdît sa confiance dans le bon Dieu. Mais sapristi, on était en plein hiver, et pas du tout à la saison des orages et de la foudre incendiaire.... Et certes le hangar des Petits-Clos, juste exposé au midi, cachait le soleil ; et cette bâtisse inutile pouvait brûler sans dommage pour personne, puisque la propriété, en déshérence, était abandonnée depuis dix ans.

Et tout à coup, à cinq cents mètres du bourg, en considérant distraitement le coucher rubescent du soleil, au-dessus des chaumières les plus élevées, il éprouva la commotion d'une idée. Cette idée, il ne l'avait pas tout à l'heure, elle était venue d'un éclat plus rouge du soleil; évidemment c'était un ordre de Dieu, fort admissible d'ailleurs puisqu'ils étaient bien ensemble.

Il entra dans le village, tâtant la lettre dans sa poche et bien résolu :

— Puisque la foudre n'est pas disponible en ce moment, c'est moi qui dois faire le nécessaire.

En conséquence, vers le milieu de la nuit, il s'introduisit dans les Petits-Clos et entreprit consciencieusement de mettre le feu au hangar.

Par malheur un des fieffés paresseux, menacés par lui de la colère céleste, était à braconner dans l'endroit; il alla chercher du renfort et le père Morand fut pris en flagrant délit d'incendie volontaire.

Ce fut le vieux Pruna qui déblatéra le plus furieusement : « Ah ! le criminel ! on aurait pu m'accuser ! »

*
* *

Le père Morand n'allait pas dénoncer le bon Dieu, n'est-ce pas ? Il se laissa donc mettre en jugement et condamner.

Dans son profond sentiment de l'équité, il fut étonné qu'aucune intervention céleste ne se produisît, qu'aucune lumière surnaturelle n'éclairât la conscience des juges. (Car enfin il n'avait pas agi pour son compte et, en pareil cas....)

D'autre part son entêtement d'Elu ne lui permettait pas de douter d'une réhabilitation ultérieure.

En raison de son âge et de l'affaiblissement probable de ses facultés, on ne lui infligea que treize mois de prison.

Mais il était révoqué de son emploi de facteur et perdait sa retraite à la veille d'en jouir.

Après l'audience, l'avocat lui récita quelques consolations et fit valoir sa propre habileté : « Vous voyez, treize mois de prison, ça valait vingt ans de travaux forcés ! »

Le père Morand comprit qu'il y avait eu tout de même une intervention — partielle, seulement, parce que le bon Dieu ne voulait pas avoir l'air... mais certainement renouvelable. Aussi rit-il au nez de l'avocat :

— Mon pauvre garçon, que vous êtes naïf de croire à l'influence de votre talent !

*
* *

Dans sa prison, le père Morand attendit une nouvelle faveur d'En-Haut, avec une obstination de Breton, dure de soixante années.

Chaque jour, il guettait l'apparition des gardiens, sûr que, d'un moment à l'autre, il allait voir dans la main de l'un d'eux un papier de réhabilitation, un ordre d'élargissement immédiat venu n'importe comment, de très loin, de Paris.... A travers les hautes murailles, il lui semblait souvent entendre le galop d'un cavalier sur la route prochaine.

Des semaines, des mois s'écoulèrent et il songeait que, sa peine finie, il se trouverait sans emploi, sans retraite, sans ressources.

C'était tellement impossible — vu sa qualité d'Elu — qu'il était repris d'une confiance formidable. Et il se disait qu'après tout, c'était un ouvrage compliqué de remettre les choses en place et qu'il fallait patienter, faire crédit au bon Dieu.

Tout de même cette temporisation l'étonnait, en comparaison de ce que lui-même n'avait pas regardé à agir et n'y avait pas mis tant de façon.

La veille de sa libération, à l'heure de la promenade des détenus, il se croisa les bras, et contempla le ciel longuement, plus confiant que jamais, car enfin, maintenant, il y avait la question de son gagne-pain à régler... Toutefois, il haussa les épaules avec une indulgence supérieure, et, comme un ancien qui a son franc parler, il ne put s'empêcher de constater : « Négligent, va ! »

A peine avait-il proféré ce reproche qu'il fut renversé par le chien du directeur de la prison, un terre-neuve énorme qui avait fait irruption dans la cour et gambadait étourdiment.

Le père Morand tomba si mal qu'il eut la jambe cassée, et il fut si mal soigné que l'amputation fut le seul moyen d'arrêter la gangrène.

L'administration responsable dut le placer dans un hospice d'incurables.

Ce jour-là, il triompha tout au long, dans son entêtement : conformément à son attente, les choses étaient enfin remises en place ; il était réhabilité, puisque les bureaux s'occupaient de lui, comme d'un particulier ordinaire ; sa vie était désormais assurée, aussi bien que par une pension de retraite. Il en déclamait tout seul :

— J'étais bien sûr de ne pas être abandonné... mais il faut le temps pour tout....

Il adopta un extraordinaire ricanement de supériorité.

Assis, la plus grande partie des journées, sur un banc, dans la cour de l'hospice, à côté d'autres éclopés, sa principale distraction fut de passer au papier de verre, — tout en jubilant, — son pilon de bois blanc grossièrement équarri. Chaque fois qu'il prenait un temps de repos, c'était pour cligner avec malice :

— Ah ! ah ! je savais bien....

Et il continua d'être au mieux avec le bon Dieu.

Le Consentement

Mlle Jacqueline, l'institutrice-adjointe de la commune, plaisait par son air de grande bonté. Quoiqu'elle eût à peine vingt-cinq ans et que son modeste vêtement noir ajoutât une sorte de charme sévère à sa distinction de brune mince et assez grande, l'idée ne venait pas de l'apprécier au point de vue de la coquetterie, on ne voyait en elle que l'institutrice.

Quand le docteur Minot, médecin des écoles, se mit en tête de l'épouser, il était, lui-même, surtout épris de sa beauté morale.

Aimable et bon vivant, le visage coloré, la barbe rousse, il approchait de la quarantaine et portait en toute saison une vareuse d'artiste avec un chapeau mou. Son projet de mariage paraissait excellent, mais rien ne faisait prévoir que Jacqueline y donnât son consentement.

En homme avisé, il chargea de ses intérêts Mme Gillart, la femme du pharmacien, qui s'occupait beaucoup des écoles en qualité de dame patronnesse et qui était parfois la complice de Jacqueline pour de secrètes charités.

Elle jugea qu'il fallait aborder l'affaire sans détour, à raison du caractère franc et positif de Jacqueline.

— Mademoiselle, vos fonctions d'institutrice vous fatiguent beaucoup et votre existence n'est pas assez confortable. Puisque vous n'avez plus de famille, vous devriez vous marier.

— Avec qui, Madame, partagez-vous cette manière de voir ? demanda Jacqueline en souriant.

— Avec le docteur Minot, qui possède une certaine fortune et auprès de qui vous trouveriez l'indépendance, le repos, la sécurité dans l'avenir.

— Recevez mes remercîments et mes excuses, répondit Jacqueline. J'ai beaucoup d'estime et de considération pour le docteur Minot, j'apprécie fort sa sollicitude envers notre petit monde d'écoliers, mais il a, en cet instant, pour qualité principale d'être un homme riche et pour principale éloquence une offre de bien-être ; voilà précisément ce qui m'éloigne de lui. Certes, il n'est pas défendu de se marier par intérêt, lorsque l'on n'a pas mieux à faire, mais j'ai déjà une destination, j'aime mes élèves et j'exerce à l'école un rôle de dévouement que je ne saurais échanger contre un rôle de pur égoïsme. Je perdrais trop, en ayant l'air de gagner.

Mme Gillart n'essaya même pas de discuter ces arguments supérieurs, mais elle conseilla vivement au docteur de ne pas renoncer à son projet :

— Attendez le secours des circonstances, et quand le moment sera favorable, comptez sur mes bons offices, dit-elle, avec un clignement de douce malice feminine.

*
* *

Quelques mois se passèrent sans que le moindre événement dérangeât la vie paisible de la commune.

Puis un deuil attrista tous les habitants. Une pauvre laveuse, la mère Tribut, qui était veuve, mourut subitement, laissant cinq jeunes enfants, quatre garçons et une fille de dix mois, la dernière née. Qu'allaient devenir les orphelins ? La municipalité les confia provisoirement à la femme du garde-champêtre, en attendant, hélas ! leur envoi dans quelque hospice de l'Assistance publique.

Mais bientôt l'on apprit avec un heureux étonnement que le docteur Minot les prenait à sa charge et leur donnait asile, dans le pavillon qu'il habitait à l'extrémité du village, avec un ménage de vieux serviteurs, un jardinier et une cuisinière.

Mme Gillart, qui avait un peu délaissé Jacqueline, la fréquenta de nouveau assidûment, le jeudi et le dimanche, sans motif apparent ; elle s'excusa même d'être parfois lunatique. Bien entendu, elle s'empressa de parler longuement des orphelins.

Certes, l'œuvre entreprise par le docteur lui paraissait louable, mais avec modération. N'était-ce pas une singulière idée que de faire soigner des petits enfants par de vieilles gens ! Les enfants avaient autant besoin de caresses maternelles que de pain, et il ne suffisait pas de dépenser de l'argent pour avoir accompli la vraie charité.

A ces réserves succédèrent peu à peu de formelles critiques et Jacqueline finit par trouver que Mme Gillard, en dépit de son bon cœur, avait une singulière tournure d'esprit. Cette excellente dame allait voir très souvent les orphelins, dans le but unique de surveiller et de dénoncer la mauvaise gestion paternelle du docteur ! « La maison était mal organisée, il ne savait pas diriger l'éducation de ces malheureux enfants : c'était un chercheur de popularité qui avait eu le tort d'assumer, à la légère, la plus émouvante des tâches. »

Jacqueline souffrait dans son sentiment de la justice, elle ne pouvait s'empêcher de protester, d'invoquer le désintéressement bien connu du docteur. Elle s'avança si loin que Mme Gillart la mit au pied du mur, un certain jeudi, dans l'après-midi :

— Venez constater les choses de vos propres yeux. Le docteur est absent, il donne sa consultation hebdomadaire au hameau voisin. Vous ne commettrez d'ailleurs aucune indiscrétion, le docteur, dans son inconscience, invite tout le monde à entrer admirer « son pensionnat ».

*
* *

Le hasard voulut que, par une exception sans précédent, le docteur ne fût pas sorti ce jour-là. Mme Gillart et Jacqueline le surprirent assis dans la salle à manger, affublé d'un tablier de jardinier et tenant sur ses genoux la toute petite à qui il prétendait faire manger la soupe ; prétention un peu exagérée, car la plus grande partie du potage allait à son pantalon et au plancher.

Les autres enfants se trouvaient aussi dans la salle à manger et offraient, avec leur bienfaiteur, un spectacle d'ensemble dont le plus habile metteur en scène n'aurait pas désavoué l'ordonnance.

Deux des garçons, joufflus et mal peignés, étaient montés sur la table et tandis que l'un s'accrochait à la suspension d'éclairage (par chance débarrassée de la lampe), l'autre le balançait en poussant des cris assourdissants.

L'aîné, âgé de huit ans, sentant déjà le besoin de se livrer à une occupation effective et qui donnât un résultat palpable, s'était emparé d'une scie à poignée servant d'habitude à détacher les branches trop grosses pour le sécateur et, sous les yeux du docteur, consciencieusement il sciait un pied d'une très belle chaise en chêne.

Quant au quatrième garçon, il faisait une lessive, avec l'installation voulue : une grande bassine à moitié remplie d'eau, un savon et un bout de planche servant de battoir. Il lavait des mouchoirs, le sien et ceux de ses frères, qu'il avait réquisitionnés, — cela se voyait à leur nez ! Celui-là faisait preuve d'une vocation terrible : à genoux dans l'eau répandue, il était trempé des pieds à la tête et il vous administrait, sur son linge, des coups de battoir qui envoyaient l'eau de savon jusqu'au fronton du buffet à étagère.

Le docteur accueillit les visiteuses sans embarras. Il s'excusa seulement de ne pas obliger les enfants à faire des politesses; mais, n'est-ce pas, il fallait se garder de les déranger quand on avait la chance qu'ils voulussent bien s'amuser gentiment. Il y avait assez de moments difficiles où ils étaient insupportables et où ils se livraient à des inventions infernales.

Mme Gillart et Jacqueline faillirent tomber à la renverse : les enfants étaient dans leur meilleur moment! ils avaient parfois de pires inventions!

Cérémonieux le docteur se déplaça pour offrir des sièges et faire les honneurs de sa maison. Il ouvrit des portes pour indiquer la disposition des pièces du rez-de-chaussée, et, pendant ces allées et venues, il portait la toute petite sous son bras comme on porte une serviette d'avocat. Sur une observation de Mme Gillart, il affirma que cette manière était très agréable à l'enfant, — sauf l'inconvénient de lui heurter la tête ou les pieds aux meubles, si l'on manquait d'attention.

— Heureusement que je ne suis pas sujet aux distractions.

Le docteur prononça ces mots en mettant par mégarde un pied dans la bassine à lessive et il s'adressa gravement à Jacqueline :

— Figurez-vous, Mademoiselle, que j'ai été étonné moi-même de me découvrir des aptitudes spéciales pour l'élevage des enfants. Et je n'avais au début ni programme, ni système, — il aurait très bien pu m'arriver quelque anicroche!

En reconduisant Jacqueline, Mme Gillart suffoquait d'indignation :

— Je vais, d'accord avec plusieurs personnes, adresser une plainte à la préfecture, afin que les orphelins soient enlevés aux mains criminelles du docteur. Vous signerez avec nous, Mademoiselle; vous êtes témoin! Et tant pis, l'Assistance publique enverra ces infortunés n'importe où.

Jacqueline fut obligée de calmer son amie, et une fois rentrée, elle exposa avec animation que le docteur n'était ni un homme dangereux, ni un coupable, — il avait au contraire la bonté voulue pour accomplir son œuvre paternelle, — seulement il manquait de direction.

Jacqueline, trop émue, ne s'aperçut pas que Mme Gillart s'apaisait bien facilement, et même faisait une singulière volte-face, car elle semblait écouter avec un empressement avide la plaidoirie en faveur du docteur. Assise auprès de Jacqueline, elle la prenait comme une enfant, l'aidant à parler par des airs attendris, par des sourires caressants.

Si bien que Jacqueline se laissa aller à des paroles pensives :

— Il faudrait au docteur une autre organisation... il lui faudrait une femme assez jeune...

Alors, Mme Gillart, enlaçant Jacqueline d'un bras, l'attira tout à fait contre sa poitrine et elle parla de ce ton rêveur et attristé qui contient une prière, un appel :

— Il serait, en effet, bien affreux que l'Administration dispersât la pauvre nichée. Ces petits êtres s'aident à vivre l'un l'autre, ils se réchauffent, se fortifient en se caressant. Vous avez vu? Sont-ils gentils et pitoyables! avec leur jolie figure rose et riante qui aime la vie, qui croit à la bonté des choses, à la douceur des jours à venir. Ah! les fragiles créatures que guette peut-être cette tragique destinée de devenir des enfants assistés! des enfants sans baisers! des enfants sans enfance!

Mme Gillart percevait le choc des mots qui atteignaient Jacqueline en pleine sensibilité, elle continua :

— Vous croyez que le docteur ferait bien de se marier? C'est la solution indispensable, si on ne lui enlève pas les enfants, — mais peut-on trouver une femme dans ces conditions-là! Quel bien-être a-t-il à offrir? Ce n'est plus un homme riche, c'est un maître de pension...

Il y eut un silence. Jacqueline cacha davantage son visage contre le cœur de Mme Gillart, et elle dit tout bas :

— Il pourrait chercher une adjointe...

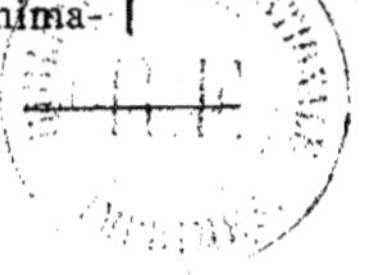

Le Débronzage

Le sous-officier retraité Bailly était ce que l'on appelle un homme d'airain : montagnard de stature colossale, au front bas carré, aux maxillaires saillants, aux moustaches rousses épaisses, il exécutait sans broncher, sans parler, sans penser, les ordres de ses supérieurs.

L'énergie humaine se durcit jusqu'à l'inflexibilité sous l'action de la discipline, comme le métal se renforce par la trempe.

La discipline avait coulé Bailly tout d'une pièce, sans laisser d'interstice pour cette faiblesse nommée la pitié.

Il faisait la police, en qualité d'appariteur, dans un dispensaire pour femmes et filles-mères. Sa force était légalisée par un uniforme de gardien, à boutons métalliques et par un képi.

Le dispensaire, subventionné par la charité privée, était semblable en tout aux établissements de l'administration publique, l'accès en était libre et l'on ignorait qu'il n'eût pas le caractère officiel.

Bien entendu, le dispensaire refusait plus de secours qu'il n'en accordait.

Une partie des solliciteuses étaient éconduites pour diverses causes. Des scènes épouvantables de la famine, de la souffrance éclataient alors dans l'antichambre du dispensaire. Quelles que fussent les circonstances, Bailly « faisait évacuer » sans émotion, sans mollesse, grâce au bronzage obtenu par quinze années de soumission stricte à la consigne.

***

Le dispensaire était régi par un délégué des plus zélés, mais qui se trompait de point de vue, accident très commun dans l'exercice de la charité.

M. le délégué confondait : il se prenait lui-même pour le comité charitable dont il n'était que le représentant et il défendait les fonds de secours comme il aurait préservé ses deniers personnels.

Il était dévoué à la bienfaisance au lieu d'être acquis aux indigents et, par amour pour la bienfaisance, il distribuait le moins possible de secours.

Et puis sa grande manie était de surpasser l'administration officielle.

Ainsi, dans le cabinet directorial où Bailly introduisait les quémandeuses, voyait-on de nombreux in-folio contenant les textes de lois, décrets, règlements, ordonnances et commentaires en vertu desquels on est ou on n'est pas indigent ; des manuels spéciaux relatant les cérémonies, les rites, les délais et précautions à observer avant de délivrer un bon de pain à une affamée ; enfin, des traités multiples historiques, scientifiques et philosophiques sur l'influence du pain dans la classe besogneuse.

En dehors des arguments tirés de la bibliothèque, M. le délégué décidait surtout d'après le visage des malheureuses qui lui plaisait ou ne lui plaisait pas. Quand, de parti pris, sans motif exprimable, il ne voulait lâcher aucun secours, son zèle parcimonieux lui dictait des moyens de refus vraiment invincibles

***

Par exemple, au cours de l'hiver, une maigre fille sur le point d'être mère se présenta, demandant une paillasse. Son lit n'était fait que de vieux chiffons, et elle craignait que son enfant ne gelât avant de naître.

Le dispensaire disposait en effet d'un certain nombre de *bons* pour objet de literie, mais justement cette misérable n'avait pas une tête satisfaisante.

— Vous me demandez une paillasse, cria M. le délégué avec véhémence, je n'en ai pas, je voudrais bien en avoir, je n'en ai pas, j'ai beau chercher, je n'en ai pas, je n'en ai pas !

Sa voix montait jusqu'à la note furieuse, et il parcourait des yeux la table devant laquelle il siégait, et il bousculait les paperasses, les livres, pour bien prouver « qu'il n'en avait pas. » Vous voyez bien que je n'en ai pas! Et en effet, il n'y avait pas la moindre paillasse sur la table, ni entre les paperasses.

La fille restait bouche ouverte, immobile, clouée par l'évidence.

Sur un signe, Bailly impassible l'empoigna et la mit dehors, sans un mot, comme il convenait.

Et voilà que le lendemain, quelqu'un vint annoncer qu'on l'avait trouvée sur ses chiffons étendue, immobile, bouche ouverte, tuée par l'évidence...

*
* *

Précisément, c'est de là qu'il faut dater le commencement du débronzage de Bailly : à la nouvelle de ce décès, il fit un mouvement sec, comme une personne heurtée avec rudesse, pas autre chose. Lui-même ne se douta de rien, comme on ne sait pas qu'un coup déterminera un abcès à six mois de distance, comme on ne s'aperçoit pas de la toute première désagrégation dans le métal d'une machine.

D'ailleurs, au début, aucune modification ne fut perceptible dans sa façon de remplir sa fonction : il éconduisait les pauvresses non agréées, de gré ou de force, avec la coutumière impassibilité muette. Seulement, à la réception d'un ordre, ses yeux s'ouvraient tout grands, malgré lui, tandis qu'auparavant il ne se permettait même pas un soulèvement de paupières.

Des mois passèrent et lentement, sourdement, l'infiltration insoupçonnée se continua. Un ébranlement général semblait altérer la rigidité de Bailly; on eût dit qu'un oxyde produisait une graduelle désorganisation de sa martiale passivité.

Longtemps cependant les apparences restèrent sauves. Bailly faisait pivoter ses indigentes un peu moins lestement, mais l'expulsion d'une personne ne se mesure pas à une seconde près.

Il arriva ensuite que sa poigne serra moins fort, mais sa carrure, son poids, son « abattage » de colosse étaient tels que poser la main aurait suffi...

Soudain les signes s'aggravèrent; du moment que la faiblesse avait pénétré, elle devait disloquer tout le mécanisme.

Voilà qu'une fugitive hésitation se glissait entre l'ordre et l'exécution.

Voilà que les pleurs, les cris, ralentissaient l'action de Bailly.

Dès lors l'amollissement devint manifeste.

Voilà que les expulsées obtenaient un temps d'arrêt pour souffler, comme si Bailly n'était pas sûr d'être le plus fort.

Voilà qu'il exhalait un grognement : « Ahon! Ahon! » presque sur un ton d'excuse, de regret.

Incroyable phénomène : voilà qu'il ne violentait plus. Quand une femme résistait carrément, elle le tenait en respect.

Encore un degré et c'était le débronzage total.

*
* *

Une circonstance fortuite détermina cet aboutissement désastreux.

Un jour de visite du comité charitable, dans l'antichambre du dispensaire, en présence de vingt témoins et de M. le délégué lui-même, une femme affolée de misère envoya un soufflet à Bailly.

— Oh! Oh! fit avec indignation M. le délégué, l'uniforme du dispensaire ne gardera pas cette insulte! Bailly, empoignez la délinquante et enfermez-la dans ce réduit.

La misérable était petite, décharnée, pointue, déteinte, sans âge ni forme humaine, semblable à un épouvantail des champs. Comme une bête acculée qui va mourir, elle restait, dressant sa ridicule débilité contre l'appariteur.

Alors un spectacle inoubliable,

Bailly, ce colosse en uniforme guerrier, cet hercule aux bras plus gros que des poteaux télégraphiques, aux mains aussi larges que des épaules de mouton, considéra de sa hauteur l'infime créature, il remua d'une secousse ses énormes abatis, mais ce fut tout : l'assemblée en attente vit le sourire vert, lamentable, des capons couper sa large face de deux rides malades.

De même qu'un poids insoulevable cloue au sol le peureux qui fait en vain le simulacre de bondir, devant un fossé à sauter, mèmement, dans l'être de Bailly, était appesantie une faiblesse insoulevable.

— Bailly, je vous ordonne!

Le grand corps tressaillait de la base au sommet et n'obéissait pas.

Par trois fois M. le délégué répéta son ordre, par trois fois la faiblesse rabattit le bras à moitié soulevé. Bailly ne pouvait pas! il ne pouvait absolument pas!

Déjà M. le délégué, d'après le piétinement des expulsions entendu de son cabinet, savait le relâchement du service, mais il ignorait la gravité du mal.

Cette fois le démérite du serviteur était flagrant. Le sous-officier médaillé Bailly, ce fanatique du devoir, de la consigne, de la discipline, ce brave irréprochable, cet homme d'airain, était devenu incapable de porter la main sur une femme, non seulement chétive, mais à moitié morte de faim!

M. le délégué le déclara indigne de garder plus longtemps l'uniforme. Il le fit révoquer pour lâcheté et faillite à l'honneur.

Et Bailly s'en alla, emportant pour toujours son sourire vert, lamentable.

***

Il dégringola au dernier échelon social.

Des besognes fortes, personnelles, marquantes, il tomba aux besognes petites, obscures, banales. Pour vivre il dut accepter un emploi d'infirmier.

Sans étalage de sa force, sans investiture d'autorité, sans costume voyant, il donna des soins aux pauvres, — il s'avilit à des gestes maternels.

Une telle déchéance ne fut pas acceptée de son entourage. Sa femme divorça, ses enfants le quittèrent, ses amis le renièrent.

Il ne se plaignit pas; il savait bien : c'était sa faute...

La consomption attaqua son grand corps, en même temps que la mélancolie rongeait son âme.

Au bout de peu de temps, il mourut de faiblesse et de honte.

L'Essentiel

Martial Muller, graveur sur pierres fines, était un grand garçon aux traits carrés, chevelu, barbu et portant lunettes.

En sortant de l'atelier, il vivait comme un étudiant austère, occupant ses loisirs du soir, du dimanche, à lire et à fumer dans sa chambre.

A trente ans, la tentation du mariage ne lui était pas venue, quoique ses gains, le cas échéant, eussent largement suffi à l'entretien d'un ménage.

Il avait cependant, comme tout individu normal, un certain besoin de se partager; sa concierge en était informée :

— Quand il y aura quelque accident, quelque misère à soulager dans la maison, vous viendrez chercher ma cotisation, avait-il dit.

La maison en question, immense, grouillante, avoisinait terriblement les fortifications dites pouilleuses. Mais la concierge n'abusait pas; elle ne montait chez Martial que pour des cas réellement graves, deux fois par semaine.

Par exemple, elle manquait d'éloquence; une seule formule elliptique lui servait à exposer tous les malheurs possibles :

— Monsieur Martial, *y a encore* les cartonniers du sixième... ou bien : *y a encore* les Italiens...

Et elle attendait, sans un mot de plus, — la figure écarquillée dans le sens de l'affliction.

Sur la cheminée de Martial, une pièce de cent sous était toujours préparée entre le pot à tabac, la lampe et les livres. Le geste de libéralité ne lui coûtait pas; la difficulté à résoudre, c'était d'avoir l'air aussi préoccupé que la concierge; il la regardait, il hochait la tête, il s'appliquait pour bien sentir tout le contenu douloureux de la formule. (Seulement il ne connaissait ni les cartonniers, ni les Italiens!) Et derrière elle, en l'écoutant descendre, il se disait : « Pourvu qu'elle ne m'ait pas trouvé trop indifférent! » Puis il répétait son hochement soucieux devant la glace, pour se rendre compte.

***

Un dimanche, comme il se promenait hors barrière, dans la zone où les chiffonniers étalent des bric-à-brac devant leurs masures, il vit une singulière occasion : une malle sans couvercle montée sur quatre roues, avec les bricoles pour tirer et, dans l'intérieur, une femme accroupie, nu-tête, les cheveux blancs, mais les traits conservés, d'une régularité grecque, accusant cinquante ans à peine; la brise aigre de mars laissait voltiger ses mèches et agitait un écriteau dans son dos : *Établissement à louer*.

Il fut arrêté par son regard de supplication, d'attirance irrésistible, et qui était aussi un regard de bonté, de générosité immense.

— Qu'est-ce que vous désirez? prononça-t-il tout ému.

Aucune réponse, la femme était incapable de parler et cependant une compréhension très vive se lisait dans ses yeux.

Martial entra dans la cabane proche; un vieillard qui triait des chiffons, en compagnie d'une jeune personne, s'empressa de faire l'article :

— Voilà un bon petit établissement pour un garçon vigoureux; la caisse vient d'être repeinte, les roues ont un montage très doux, la paralytique paraît plus vieille que son âge; le tout bien conditionné permet de récolter trois ou quatre francs d'aumônes par jour... C'est vingt sous de location.

Des renseignements non commerciaux furent ajoutés, à la requête de Martial.

La paralytique était la tante de Gabrielle, la jeune trieuse de chiffons; elle avait joui autrefois d'une situation aisée, elle était instruite et très secourable. Son mari — encore vivant dans un lointain asile d'aliénés — était un alcoolique qu'elle soignait éperdument et qui la rouait de coups.

— Voilà huit ans que la folie de mon oncle nous a ruinés, conclut la jeune fille; j'ai dû prendre un état et mettre ma tante en location. Si je me marie, je tâcherai de la garder à la maison...

— Je ne suis qu'un étranger, prononça le vieillard avec sentiment, mais je m'intéresse à ces deux femmes : c'est pourquoi j'interviens pour la location. Savez-vous que la paralytique entend tout! La preuve : il suffit de l'injurier, sans même frapper, ses pleurs coulent comme une fontaine; bien mieux : racontez-lui simplement une histoire de pauvres petits enfants, elle en a pour des heures à y penser et à donner de grosses larmes, immobile sur son char, — avec ça et une bonne pluie battante, elle rend jusqu'à cent sous par jour.

***

Martial s'en alla; mais il avait perdu le repos. Il se représentait constamment cette femme cultivée, sensible, au visage encore noble, que l'on traînait par les plus abominables saisons, « immobile sur son char », sans qu'elle eût cette ressource laissée aux animaux martyrs de crier et de se débattre!

Il retourna à la cabane pour la revoir et connaître de nouveaux détails.

Cette femme était tombée en paralysie pour avoir voulu, jusqu'à la frénésie, s'opposer au transfèrement lointain de son mari. Elle était dévouée à l'aliéné-bourreau comme aucune femme ne peut l'être à l'amant desposte, comme aucune mère ne peut l'être à l'enfant adoré. Le jour du transfert, elle s'était introduite par ruse sur le quai du chemin de fer et elle suppliait :

— Ne l'emmenez pas, il n'a plus que moi! C'est toujours mon mari, — rien ne peut nous séparer! Je suis sa femme par un don éternel....

Et c'était vrai : toutes ses fibres s'étaient tellement élancées vers le partant que l'arrachement l'avait laissée inerte pour toujours.

***

Sans inclination aucune, Martial épousa la jeune Gabrielle pour recueillir sa tante paralytique.

Dans un nouveau logement qui avait trois

pièces, il installa le fauteuil de l'infirme près de la fenêtre donnant sur la cour, où des kyrielles d'autres fenêtres égayaient la vue par des linges multicolores, des cages et des pots de fleurs.

Tout de suite, Martial appela la paralytique « la mama » et tout de suite son bonheur fut complet de la regarder longuement et de l'appeler ainsi.

Le soir, le dimanche, pendant que sa femme vaquait aux soins du ménage, il s'asseyait en face de la paralytique et, à chaque instant, il s'interrompait de lire et de fumer, pour lui envoyer son sourire en disant: « Eh bien ! la mama ! »

Celle-ci lui envoyait ses yeux éperdument donnants et prenants et il s'échangeait entre eux des infinités de sentiments.

Enfin, — attention incomparable, divination sublime, — il eut l'idée de se rendre au lointain asile et d'obtenir par l'appât de menues douceurs, que l'aliéné voulût bien écrire des lettres périodiques. C'était un maniaque dangereux et non un dément fini ; pour avoir du tabac, il savait fort bien rédiger des pages où il parlait interminablement de lui-même, de ses démêlés avec les infirmiers et les autres malades

Dès lors, pour la paralytique il n'y eut qu'un fait intéressant dans l'existence : l'arrivée périodique du facteur; il n'y eut qu'une chose essentielle au monde : la prose carottière du mari interné.

***

Dès le mariage, Gabrielle s'était découvert un cousin nommé Jansson, qui devint un hôte assidu de la maison, et, au bout d'un an, elle abandonna le domicile conjugal.

Martial n'éprouva pas un vide irrémédiable.

L'idée de propriété, d'égoïsme à deux, que l'homme établi attache d'ordinaire à l'épouse, — ce primordial sentiment du ménage, pour Martial, s'appliquait principalement à la mama.

L'intimité chère existait encore après le départ de Gabrielle.

La mama ne s'affligea pas outre mesure de la fuite de sa nièce; elle avait les lettres de son mari comme consolation à toutes les misères, et Martial, lui, se consolait en la voyant rester à peu près heureuse.

***

Il chargea une voisine des soins intérieurs, de la maison et, bientôt, ayant divorcé, il épousa cette voisine dans le but de mieux assurer le bien-être de la paralytique.

Un jour qu'il était seul avec la maman, à lire et à fumer sa pipe, on lui remit deux lettres. Et voilà que l'une apportait cette révélation: sa seconde femme, comme Gabrielle la première, avait un cousin excessivement assidu ! Sa seconde femme le trompait comme la première, elle se moquait de lui, elle le volait pour gratifier son amant !

— Et bien ! la mama, dit-il avec philosophie, c'est ridicule comme les événements conjugaux manquent de diversité : la seule nouveauté est dans le nom du parent de ma femme : au lieu de Jansson, c'est un nommé Roncié, avec un accent sur l'*e*.

Puis, changeant de ton et de pose, la voix câline, prometteuse, le corps avachi de toutes les joies imaginables, il demanda :

— Mais l'important n'est pas là, — pas vrai, la mama?

Il montrait l'autre lettre qui, celle-là, venait de l'asile d'aliénés. Son sourire extatique se mariait à l'œillade éperdue de la paralytique et leur fluide commun s'envolait vers des régions célestes infiniment riches, infiniment variées.

Sa femme et l'univers entier pouvaient l'abandonner : — pour lui, comme pour la mama, — la lettre carottière de l'aliéné était devenue l'essentiel de la vie.

Les Deux Paysages

— Monsieur le passant, entrez donc visiter mon petit musée de peinture.

— Merci, la peinture est souvent un art violent et dispendieux. Or, en fait d'impressions, j'aime le doux et le bon marché ; ainsi, je conduis mes enfants aux spectacles de la nature, lesquels sont gratuits, plutôt qu'aux matchs de force, généralement saignants pour le porte-monnaie.

— Monsieur, chez moi, aucune violence : c'est du paysage. Et vous me paierez en félicitations....

— Oh ! Monsieur, les plus neuves que je trouverai, soyez certain. Mai j'ai si peu de temps....

— Il n'y a que deux toiles, dans mon musée.

— Deux seulement !

— Mon Dieu, oui. Dans le genre paysagiste, j'estime qu'il n'y a que deux tableaux à faire : un vert et un jaune, un rural et un citadin ; sorti de là, on se répète. Mais un beau paysage bien rendu vaut une promenade à la campagne....

— Et vous allez m'emmener à la campagne ?

— Absolument, et sans fatigue ; asseyez-vous, je déroule. Tout d'abord, vous ne voyez rien que deux entourages et deux toiles blanches. Et, en effet, à première vue, il n'y a rien d'autre : je suis l'inventeur du paysage récité.... De grâce, restez assis, ne vous sauvez pas.... Le paysage récité, Monsieur, c'est la grande nouveauté de l'avenir. Les expositions futures offriront des cadres vides, de formes et de grandeurs variées, à chacun desquels sera adapté un phonographe. N'avez-vous pas la faculté de vous représenter les choses que l'on vous dit, mieux que si on vous les mettait sous les yeux ? Que faut-il pour cela ? Fixer votre imagination, situer les choses dans un espace limité, leur donner un cadre, en un mot. A quoi bon la matière colorante ? N'est-ce pas faire injure aux gens, douter de leurs facultés d'imagination, que de préciser par des lignes et des couleurs ce qui peut si bien se montrer par des mots ? Et la couleur ne sert qu'à égarer l'esprit. Que de fois n'avez-vous pas pris une marine pour un paysage et un tableau de genre pour une nature morte ?

— En effet, vous avez raison. Mais une affaire urgente que j'avais oubliée m'oblige à ne pas demeurer plus longtemps.

— J'en ai pour un instant, quittez cet air inquiet. Voyez les cadres : mes peintures sont de petite dimension.

***

« Le premier tableau, le vert, représenterait, — si je vous avais fait l'injure de le peindre, — une vallée, une rivière et une petite bergère.

« Ma vallée est formée par l'espace compris entre deux collines à l'huile et à l'émeraude qui se regardent de haut et descendent en pente molle jusqu'au bord de l'eau pour se voir de plus près et se dire : « Tu ne m'attraperas pas, Nicolas. » Car ainsi le veut la tradition : deux collines ne se rencontrent jamais, il n'y a que Colin et Coline qui se rencontrent quelquefois... Seriez-vous mal assis ! il faudrait le dire. Je continue.

« Ma rivière occupe le milieu de la vallée. Voici pourquoi (d'après la mythologie) : un jour les géants ayant trop bu s'étendirent de-ci de-là sur la terre et, s'étant endormis, ils s'oublièrent, en toute humidité. Jupiter, furieux de leur mauvaise conduite, métamorphosa leurs jambres en collines et leur incontinence en sources. C'est depuis ce temps-là qu'on met les cours d'eau entre deux vallonnements.

« Ma rivière a le teint clair ; elle pousse son aval avec insouciance, certaine de ne pas tarir : ces bons géants avaient tant bu, ce jour-là ! Ses eaux de diamant sinuent dans un écrin de terre glaise rehaussé d'un liséré de roseaux. Elle ne veut pas se fatiguer à porter des trains de bois ou des péniches, elle charrie tout bonnement des fétus de paille : on n'est pas le Pactole, mais on n'est pas non plus flottable et navigable à merci.

« Sur un tertre, non loin de la rive, ma bergerette, haute comme trois pommes, attend de vous être présentée. Elle a fait en s'asseyant un fromage avec son jupon et elle montre un espoir de mollets; blondinette, ébouriffée, hâlée, le soleil couronne sa tête mobile et elle tient à la main une baguette que les oies prennent pour un sceptre. (Ne vous trompez pas!) Ces bêtes sont rangées en cercle autour de leur reine, le ventre dans l'herbe, les yeux mi-clos, à cause de la chaleur trop lourde pour leurs pattes. De temps en temps, elles ouvrent un bec de corbeau qui va chanter pour maître renard : elles veulent effrayer les mouches en train de se balancer sur d'invisibles fils.

«Au loin, on aperçoit des moissonneurs, ou plutôt leurs chapeaux de paille, qui dépassent les hautes tiges du blé : ils semblent s'agiter dans un bain de bière servi au bout de chalumeaux innombrables. Et tout au fond, pour fermer l'horison, je tire un rideau de peupliers, très droits, alignés comme des soldats : vous savez! ces peupliers, dont les grosses têtes sont parfois si remplies d'oiseaux chanteurs, qu'ils en sont harmonieusement pouilleux.

«Ainsi finit le premier morceau pictural et champêtre.

***

« Eh bien, Monsieur, n'avez-vous pas tout vu, sur ma toile! Quelques tubes de couleur auraient-ils ajouté une nuance à mon paysage? Avez-vous une critique à faire dans le dessin? Est-il un point mal éclairé? Je suis prêt à recommencer.

— Oh! de grâce, excusez-moi... A la vérité, je suis peu connaisseur en peinture... et, comme je vous l'ai dit, une affaire urgente m'oblige à prendre congé au plus vite.

— Monsieur! je m'accroche à vous! Vous ne sortirez pas d'ici sans avoir entendu le second tableau, le jaune. Il se passe dans Paris. Il représente aussi un vallonnement, une rivière et une petite bergère.

***

« Ce sera, si vous le voulez bien, vers le pont d'Austerlitz. Il faut choisir un endroit où la berge offre une vaste étendue débarrassée des décharges de bateaux, un dallage en pavés de granit bordés d'herbe brûlée.

« Ici la Seine n'est pas encaissée dans son lit par une muraille de pierres; elle se la coule douce, caressée sur le dos par les bateaux-mouches, elle flâne et s'attarde le long de son chemin de halage à jouer avec des bouchons.

« La berge, rive gauche, est le plan principal de mon tableau. L'horizon est forcément borné par le parapet qui s'élève à pic et fait penser à un de ces vieux murs de château féodal autour duquel le voyageur inquiet craint les sentinelles... Sur le quai, au loin, s'estompent des maisons, par masses faisant pendant aux collines de l'autre tableau.

«Au pied du parapet, des platanes rabougris — espèce auvergnate — attendent symétriquement. Ils sont noirs de poussière; quelques feuilles espèrent devenir plus claires en jaunissant, c'est peine perdue et les pierrots n'apprendront jamais à chanter, tant qu'ils percheront sur les bâtons de ces arbres sans poésie.

« Maintenant, représentez-vous une bande de garçons échappés de l'école, toute une classe, trente au moins. qui prennent un bain de pied gratuit dans la Seine. Ils ont retiré leurs chaussures et retroussé leur pantalon le plus possible.

« Mais là, une difficulté. Laisser ses napolitains tout près sur le bord, c'est imprudent; une vague produite par les bateaux-mouches peut les emporter, un vagabond peut les prendre. Ou bien, survienne une alerte, la poursuite d'un sergent de ville par exemple, on n'aura pas le temps de les ramasser. Vous préféreriez, sans doute, les suspendre à votre cou, comme des moufles, en nouant les cordons? Oui! j'en étais sûr... Mais attendez, attendez! ne vous sauvez pas, j'ai fini.

« De grâce, portez votre attention, tout là-bas, au bout de la toile. Que fait cette fillette assise sur un monticule de sable, avec sa jupette en rond laissant voir un soupçon de mollets? Voyez, elle tient une baguette de bergère à la main; elle tourne la tête, de droite, de gauche, avec vigilance; elle étend le bras, de-ci, de-là?... Que fait-elle?

« Mon bon Monsieur, je ne vous retiendrai pas plus longtemps; vous paraissez trop souffrir... Au revoir, mon bon Monsieur... ma bergère surveille les vagues et les vagabonds, elle garde un troupeau de souliers.»

Le Capital perdu

M. Thésaurin Doctemard, gentilhomme provincial, tirait ses revenus de la terre; il tirait fort.

Après s'être mathématiquement consulté, il demanda la main de Mlle Anaïs Bourdot, rentière aux environs de Rouen.

A trente-cinq ans, cette personne était cuite et recuite dans sa sagesse; sa peau conservait cette teinte rouge foncé qui colore les brunes au sortir d'un bain trop chaud; à ses tempes reluisantes, deux rides profondes prenaient leur source, descendaient verticalement, coupaient les joues, et recevaient leurs principaux affluents à la hauteur des yeux et dans les parages de la bouche. Des cheveux d'un noir d'encre endeuillaient ce visage étroit, long et pointu.

Elle était remarquablement plate : un si petit espace existait entre son dos et sa poitrine qu'il fallait que son cœur fût de taille bien modique et bien peu turbulent pour loger dans une cage aussi restreinte.

Ses vêtements sombres, aux plis consternés, semblaient toujours porter l'empois d'un récent malheur.

Elle consentit à se marier, par peur; car, si elle redoutait les voleurs, les mendiants, les vagabonds, elle tremblait également à l'idée d'introduire une servante dans sa maison.

Se faire servir, soupirait-elle vers son fiancé, autant livrer, de gaieté de cœur, son logis au pillage, autant renoncer à la joie de posséder. Outre que les domestiques nous affligent par leur faim exagérée et leur soif vicieuse, outre que leur langue venimeuse jette au vent nos secrets les plus importants, n'est-ce pas une souffrance continuelle que de voir des mains étrangères se poser sur des objets qui nous appartiennent? Le toucher d'autrui nous retire l'entière possession de nos meubles; bon gré, mal gré, les domestiques partagent avec nous l'usage des choses; or la jouissance du « mien » est faite d'un tel exclusivisme que les regards mêmes d'autrui la contrarient.

— Voilà bien un discours de femme! badinait galamment Thésaurin. Chez moi, la possession est moins égoïste et moins cachottière. Il me semble que l'important est de savoir se faire servir; on doit considérer les domestiques comme des objets d'utilité qui complètent les autres ustensiles et exercer sur les mercenaires eux-mêmes le droit de propriété. Un cheval ne me retire pas l'entière possession de ma voiture parce qu'il s'y attelle... Si nous quittons nos gens plus maigres qu'ils n'étaient à leur arrivée, ils ont augmenté notre avoir plutôt qu'ils ne l'ont diminué.

Mlle Bourdot glissait silencieuse, menue et vive; des chapelets de clés pendaient à sa ceinture. Thésaurin tenait beaucoup de place, il était grand, charpenté d'un gros os; ses mains auraient fait la fortune d'un étrangleur. Tantôt son regard sondait les murs, tantôt il rafilait les objets épars. Il avait la tête relativement petite et crêpée d'un poil roux cendré. En parlant, il broyait les mots, comme des os de poulet, sous ses mâchoires puissantes; son rire vibrait dans un grand nez courbe.

***

Le notaire accomplit le vrai mariage : l'union des biens et des capitaux. Les futurs demandèrent au maire et au curé d'épargner autant que possible le temps et les frais. Les témoins furent congédiés avec empressement après un repas frugal d'où la gaîté ne fut pas exclue, par cette bonne raison que personne ne l'avait amenée.

Tout de suite, à l'inventaire conjugal, Thésaurin s'aperçut que sa femme lui avait caché une faute. En conséquence, il manifesta près d'elle cette sollicitude glaciale et magnétique qui fait jaillir les secrets les plus enfouis.

En effet, un mois après la cérémonie nuptiale, par une de ces belles après-midi nor-

**

mandes où la nature favorise les contrats avantageux, la fatale confession eut lieu dans la vaste salle à manger humide où le meuble de chêne craquait de vétusté.

Dès la pénible ouverture, Thésaurin scanda un encouragement à coups de dents mesurés :

— J'attendais de vous quelque aveu ; parlez hardiment, mon indulgence appréciera la complicité des circonstances.

— En effet, gémit la pénitente, ce fut l'ennui qui m'induisit à cette irréparable défaillance. L'ennui est un mal terrible qui confisque la volonté pendant quelque temps, pour la mieux diriger ensuite vers une action pernicieuse... Je vivais seule auprès de ma tante, nous n'avions de commerce avec personne; j'étais exempte de tracas, mes revenus s'accroissaient méthodiquement, je ne manquais de rien : je n'avais qu'à être heureuse. Eh bien, vers l'âge de trente ans, subitement, un dégoût me prit pour toute espèce d'occupation : la couture, la lecture même m'excédaient; donner à manger aux poules, aller à l'église, faire du crochet, balancer l'arrosoir, tailler des plantes au sécateur, aucune des distractions ordinaires d'une jeune femme aisée ne tentait plus mon activité. Des journées entières se consumaient dans un morne accablement; je demeurais assise à attendre les repas, l'esprit arrêté, les yeux sans vision, les mains croisées, mortes. Et, cependant, je sentais que quelque chose, le meilleur de mon être, voulait sortir de moi... Avril verdissait la campagne, l'esprit des plantes se dégageait en floraison parfumée... Oh! j'en frémis encore de confusion, — je sentais que j'avais envie de faire la chose la plus défendue, la plus coupable! Je ne savais pas quoi, mais à force de tâtonner, le peu de raison qui me restait me permit bien de discerner, sans erreur possible, cette action la plus indigne : j'avais envie de dépenser de l'argent! Mon tourment ne pouvait venir d'une autre source, le meilleur de mon être qui voulait sortir, ce ne pouvait être que la sagesse parcimonieuse. Ne savais-je pas, par de vagues rumeurs, par des réminiscences de lectures, que des gens ressentaient du plaisir à répandre leur argent indûment! Comme si l'on pouvait trouver du contentement à répandre sur le sol le cidre du tonneau !

A ces mots, Thésaurin abaissa sur le plancher un regard qui aurait empêché le sol de boire le cidre! Sa femme saisie s'arrêta un instant, puis elle reprit :

— J'avais retenu notamment que des créatures désœuvrées achetaient pour le plaisir d'acheter; avoir l'argent à la main les distrayait; elles se seraient ennuyées sans ce jeu de poussette des pièces de monnaie. En un mot, cette affreuse notion m'avait agrippée qu'en s'en allant des doigts l'argent pouvait donner une joie analogue à celle qu'il apportait en venant dans les coffres. Oui, moi qui descends d'une famille dans laquelle jamais un sou n'a été gaspillé, — par ces journées de printemps malsain, — j'inclinais à la dépravation tout en me rendant compte que je pénétrais dans une sphère maudite, que je perdais mon droit à la paix de l'existence. D'autre part, j'allais mourir d'ennui et là seulement était le remède, semblait-il. Moi qui avais toujours vécu dans l'honnête respect du numéraire, j'avais des élans de dépenses dans le sang, dans la poitrine. Enfin les aspirations de mon être furent si exigeantes que je résolus de goûter au poison de la volupté.

Thésaurin ne put maîtriser un geste de condamnation. La voix se fit plus douloureuse.

— Oh! je voulus tout au moins tromper mon vice, j'espérai me contenter du simulacre de la faute, j'espérai venir à bout de mon mal solitairement. J'installai sur la commode un coffret contenant des billets de banque. Lorsque les crises me prenaient, quand tout mon être soupirait après une expansion impossible, quand je ne savais comment apaiser mes mains fiévreuses, je palpais le coffret, j'en étreignais les contours, puis, la clef pétrie dans mes doigts, j'ouvrais et enfin je touchais, je caressais, je frottais les billets de banque et mes pores aspiraient avidement comme une impression de peau vivante!... C'était déjà presque « la dépense » ; je me sentais défaillir, je sentais qu'il tenait à rien que « ce meilleur de moi ne partît... »

« Ce fut alors que M. le curé, renseigné par la confession sur la nature de mon tourment, commença à me circonvenir.

« — Vous devriez faire un don à l'église, répétait-il, cela vous soulagerait. »

Vous avez connu sa mine réjouie, si peu ecclésiastique : il faisait chaque jour une partie de bésigue avec ma tante, et il riait :

« — C'est une somme en trop qui vous tourmente; je dis toujours à mes paroissiennes : donnez à l'église le *trop* qui vous tourmente. »

Ma tante affaiblie par l'âge et d'ailleurs très sourde tolérait cette persécution. Alors il s'enhardit à me taquiner :

« — Laissez-moi toucher le coffret... laissez-moi voir les billets. »

Je l'écartais par gestes résolus, car sa religion était suspecte et l'économie passe avant la piété.

Or, une fois, ma tante étant absente et la température moite, douceâtre, aggravant mon malaise, j'avais fouillé le coffret sans être assouvie... on eût dit qu'une partie de moi-même fondait, s'écroulait.... J'avais laissé la clef sur le coffret, dans une vague attente.... Voilà M. le curé qui arrive et s'écrie :

« — Allons! C'est pour aujourd'hui le don ? »

La faiblesse rendit mes membres tout tremblants, mes mains eurent des picotements de feu. Je criai : « Non ! Oh! non! » Et toute ma personne démentait ce refus.

Il s'approcha de la commode, rieur et impérieux. Nos mains se battirent autour de la cassette. J'en éprouvais une terreur et un bien-être. Je me défendais avec la jouissance de savoir que je céderais... et sa main fut à la clef, et sa main souleva le couvercle !... Oh! j'eus alors une révolte de sagesse, un suprême retour d'honneur, il était encore temps, je rabaissai le couvercle, pinçant les doigts de l'assaillant.... Mais lui aussi était excité au paroxysme, il souffiait, rouge, ses yeux luisaient, il força.... Ma vue s'obscurcit et malgré moi, je détendis progressivement ma résistance, je m'abandonnai, même mes mains n'eurent plus que la volonté coupable de sentir agir les siennes... Je poussai un cri et perdis connaissance : j'avais perçu un déchirement des billets, dans la brutalité du larcin! »

La coupable se tut, haletante, implorant, par sa misérable attitude, le pardon de la faute irréparable.

Mais Thésaurin ne trouva pas les paroles d'indulgence promises; il savait trop qu'une femme qui a failli avant le mariage peut encore faillir après.

Le Revenu

M'ame Préciat m'a rendu visite. Ainsi fait-elle chaque fois qu'une complication grave se présente dans son existence.

Or, son fils, qui est revenu du régiment l'hiver dernier, lui a fait accroire qu'il était spécialement visé par l'impôt sur le revenu.

— Comprends-tu, maman, le *revenu* c'est moi, je suis le revenu du régiment, alors il faut que je paie l'impôt, donne-moi de l'argent.

Comme elle s'étonnait, il l'a convaincue :

— Ne t'a-t-on pas dit que tout le système des contributions était mis à l'envers! Autrefois on payait la taxe militaire quand on ne partait pas, maintenant on la paie parce que l'on revient. C'est bien le contraire, comme on te l'avait annoncé.

M'ame Préciat, malgré ses lunettes, ne déchiffre pas les journaux (Entre nous, je soupçonne qu'elle ne sait pas très bien lire, on allait si peu à l'école, de son temps!) De sorte qu'elle connaît les faits importants de la vie publique uniquement par ouï dire. Et dame, les dires des commères sont à la fois obscurs, incohérents et catégoriques :

— Oui, ma bonne dame, l'impôt est tout changé. Nous qui ne payions rien parce que notre loyer n'allait pas à cinq cents francs, nous sommes marqués sur les rôles.

Et chacun paie sous un prétexte différent,

d'après ce qu'il a. Celui qui n'a rien que des maladies paie pour ses maladies. Celui qui ne possède que des enfants à sa charge paie pour cette possession.

M'ame Préciat n'a pas trop récriminé, car enfin un fils revenu du régiment, c'est un accroissement tout comme un autre. Mais elle trouve qu'on réclame trop souvent ce fameux impôt sur le revenu : voilà trois fois que son fils se prétend poursuivi par le percepteur et lui soutire de menues sommes.

***

— Asseyez-vous, m'ame Préciat, et laissez-moi vous contempler.

Ce n'est pas une nouvelle taxe que votre fils vous a fait payer, loin de là ! C'est le plus vieil impôt du monde : l'impôt sur la bonté des mères. Et vous l'aviez déjà acquitté dans maintes circonstances, et les prétextes les plus légers avaient déjà suffi !

Je voudrais rire de votre ignorance et de votre crédulité, — mais comment faire?

Votre ignorance? Vous êtes plus forte que tous les économistes réunis quand il s'agit de rendre service, et pour soigner les gens, vous avez une divination qui l'emporte sur la science des plus grands praticiens.

Votre crédulité? Il n'y a pas d'éloquence au monde qui vous persuaderait de faire tort à votre prochain.

Décidément, je ne peux pas rire à vos dépens et je voudrais tout au moins vous mettre à l'abri des contributions indûment perçues.

Envoyez-moi votre fils, m'ame Préciat. Je connais un emploi vacant et, pour cette fois, vous ne paierez plus l'impôt sur le revenu.

***

Mais comment pourrais-je vous affranchir? Vous êtes indéfendable vraiment !

Par exemple, qu'est-ce que vous portez là dans ce paquet? « Des petits vêtements au crochet, que vous confectionnez le soir avant de vous coucher, pour ces petits enfants du sixième, qui n'ont rien à se mettre sur le dos. » Et voilà un impôt sur votre sommeil, m'ame Préciat.

Vous inventez un impôt pour un seul contribuable, vous n'avez ni trêve ni merci qu'il ne soit payé. Et ce contribuable c'est vous. Et, une fois cet impôt acquitté, vous en inventez un autre !

Je vous abandonne, vous être incorrigible. M'ame Préciat, avec votre bonnet et votre camisole, avec vos pauvres vieilles mains usées, quel que soit le système financier, c'est toujours vous qui, proportionnellement, paierez le maximum.

Mais, Dieu me pardonne ! vous souriez, vous ne vous plaignez pas !

M'ame Préciat, qui ne savez pas lire, m'ame Préciat à qui l'on fait croire l'impossible et qui ne connaissez rien de ce qu'il y a dans les livres, sincèrement, j'aurais bien besoin de vos leçons.

***

Et, j'y pense, est-ce bien sérieusement que vous m'avez demandé une consultation juridique à propos de l'impôt sur le revenu !

Même en droit, n'êtes-vous pas extraordinairement compétente?

Eh ! oui, parbleu ! Vous faites office de tribunal, quand les gamins sortis de l'école jouent dans la rue.

Assise devant la maison, votre couture à la main, vos lunettes sur le nez, vous tranchez les plus graves différends. Et votre compétence va jusqu'à prononcer l'amende d'un bonbon pour une claque indûment donnée.

Ciel ! Je me rappelle ! C'est vous qui avez jugé la fameuse affaire de l'école maternelle.

J'étais là, j'ai vu amener devant vous le précoce inculpé, âgé de trois ans, dont le fortait soulevait l'horreur réprobative de tout un peuple enfantin :

— M'ame Préciat, voilà Lolo !... A l'école, dans la cour, près du mur, il a volé une fourmi à Mme la Directrice !

Je vous salue, m'ame Préciat. Quand on a jugé une cause pareille, on n'a besoin des conseils de personne.

La Ritournelle

C'était après un dîner somptueux chez les Holstern, de la Chaussée-d'Antin. Dans le fumoir, on parlait d'opérations financières, d'entreprises commerciales.

— J'ai eu un ami à qui le commerce a bien mal réussi, s'écria le peintre Gilardon d'un ton bavard, équivoque.

Le cercle des habits noirs se resserra et les visages s'éclairèrent de ce demi-sourire attentif qui signifie : « Ah! oui, nous vous connaissons: vous allez encore nous en dire une pas ordinaire. »

En effet, Gilardon était un type : figure jaune, cheveux et moustaches d'un noir de jais, des yeux petits, enfoncés, luisants, qui n'arrêtaient pas de prendre des mesures, il faisait penser à un Auvergnat de la Chine et il avait un rire de verre cassé nullement communicatif.

— Quand j'entends rire Gilardon, disait Mme Holstern, je me représente toujours un bourreau oriental arrivant avec un grand sabre et disant à des prisonniers : Attention! nous allons bien nous amuser.

On écoutait Gilardon avec curiosité et aussi avec inquiétude, parce qu'il racontait des choses vraies sous forme d'ironie malveillante, comme si, par des allusions, il tâchait à cingler ses auditeurs. Toujours, pendant ses récits, les personnes présentes se regardaient à la dérobée, cherchant à qui il pouvait bien en vouloir.

Cette fois, sa gaieté agressive inquiéta d'autant plus qu'il y avait là des gens d'affaires, des trafiquants enrichis; aussi débita-t-il son histoire entière, au milieu d'un complet silence.

***

— Vous savez que tout est soumis à l'encan : même la pensée, même la justice et la vérité... Vous savez également qu'il y a, dans le commerce, des usages antiques, indestructibles et singuliers. Par exemple, certaines marchandises se vendent de droit, altérées ou à faux poids; — il en a été, il en sera toujours ainsi, par convention. Et ce fut justement dans cette branche spéciale de négoce exigeant des faux poids, des marchandises truquées, que mon ami eut la fatale idée de faire du commerce honnête, du commerce à marchandise pure, à bonne mesure, à compensation équitable. Rien dans son éducation, dans sa conformation physique, ni dans son ascendance ne peut expliquer une si fantastique détermination. Issu de bourgeois authentiques, ni beau, ni laid, ni grand, ni petit, bien portant, il fut élevé comme tout le monde, et, je le répète, l'on ne sait d'où lui vint cet esprit d'aventure, cette tentation d'aller à l'encontre des mœurs et des traditions.

Le fait n'en subsiste pas moins; il s'engagea seul dans une voie nouvelle, où nécessairement les difficultés devaient surgir à chaque pas : bientôt, en effet, tous ses concitoyens se liguèrent contre lui : les clients, les agents de l'autorité, les autres commerçants.

Les clients habitués à être trompés, contents de leur sort, trouvèrent mauvais que l'on se permît de changer leur routine. Est-ce que, par hasard, ce débitant prétendait leur apprendre à voir clair, à connaître leur intérêt?

Les autorités furent mises en défiance par cet étrange opérateur, elles découvrirent de la politique dans ses agissements : sans aucun doute, ce révolutionnaire voulait critiquer les institutions, faire tort au gouvernement.

Les autres négociants l'accusèrent de pratiquer un faux commerce, de préconiser un système funeste qui, généralisé, ruinerait à jamais le crédit national.

L'inimitié grandit et finit par environner complètement mon ami; si bien que les agents de l'autorité le surveillaient, consciens du devoir, — que les clients se détournaient de sa maison, — que les gens se le montraient du doigt dans la rue avec sévérité : «Cet homme vend à bon poids! »

Mais on ne conspire pas impunément contre la prospérité du pays, — impunément non plus on ne moleste pas les clients, on ne critique pas les institutions — malgré ses qualités d'audace et de persévérance le commerçant fit de mauvaises affaires. Et celui qui n'avait pas craint de mettre la société en péril, de soulever l'universelle désapprobation, ne trouva pas de miséricorde à l'heure de la liquidation.

Alors les vrais commerçants accoururent de tous côtés : l'un acquit ses balances justes pour les mettre au point, un autre prit ses marchandises pures pour les rendre vendables, d'autres réclamèrent pour les détruire ou les modifier les livres, les étiquettes, les tarifs, tous les documents qui échafaudaient le dangereux système de transaction.

Le mauvais commerçant chassé de sa maison, n'ayant même plus de mobilier, se réfugia avec sa femme et sa fille dans un garni de dernier ordre.

La fille, âgée de vingt ans, ne tarda pas à quitter ses parents qui ne pouvaient pas la protéger contre la misère ; on eut bientôt de fâcheux renseignements sur sa conduite.

***

La femme ne résista pas à tant de désastres, elle mourut dans l'horreur glaciale d'une nuit de décembre.

L'hôtelier se plaignit vivement de cet accident et il exigea qu'une tenture funèbre fût mise à la porte de la maison, afin de réparer, par ce faste enviable, le tort fait à ses locations. L'ex-commerçant n'ayant pas d'argent, l'hôtelier alla trouver sa fille et il put commander le décor nécessaire.

— Mon cher Monsieur, dit-il au veuf accablé, j'ai fait appel au bon cœur de votre fille et les préparatifs vont commencer, voici la voiture de l'administration avec les échelles ; quand vous descendrez, vous jugerez de l'effet, tout de suite consolant.

Le veuf hébété s'approcha de la fenêtre. Un apprenti, sur le trottoir, regardait clouer la tenture. Les deux mains dans les poches, le nez en l'air, il avait une figure de gavroche pensif. Tout à coup, il se mit à scander les coups de marteau, d'un chant très lent, appuyé, comme rêveur et lointain ; et le veuf tressaillit à sa voix indiciblement triste et gouailleuse :

Pan ! Pan ! Pan !
V'la l'commerce qui r'prend !

***

Le veuf craignait d'être seul à suivre le char funèbre ; il fut étonné de voir se former un petit cortège composé de l'hôtelier, de voisins, d'inconnus. Sa fille enfin arriva portant une couronne.

L'abandon redouté ne se produisit qu'au cimetière. Le veuf était tombé sur les genoux au bord de la fosse ; quand il se releva, personne ne restait autour de lui ; sa fille elle-même était partie après l'avoir embrassé.

Il rentra machinalement par les rues devenues inconnues ; dans son logis solitaire il s'assit devant la table, posa ses coudes et demeura immobile, la tête dans ses mains.

Trois heures sonnèrent, puis quatre heures, il ne bougeait pas ; non qu'il sommeillât, mais il était abîmé dans son affliction, jusqu'à l'anéantissement.

Au commencement de la soirée sa douleur se précisa. Il souffrait maintenant d'avoir été si cruellement délaissé par sa fille, au cimetière. Pourquoi s'était-elle échappée si vite ! Ce n'était pas par manque de cœur, car elle était aimante, elle avait pleuré.... C'était par un sentiment de honte... Oui, la pauvre enfant déchue se cachait....

Peu à peu, l'abandonné sortait de sa stupeur, il écoutait les bruits de la maison. Dans ce garni de quartier excentrique, des pas montaient, descendaient, des portes claquaient ; ses idées se reformaient, réveillées par ces heurts continuels venus avec la nuit.

Les voisines, les créatures qui vendaient aux passants un brutal plaisir étaient les sœurs, les pareilles de sa pauvre fille, victime de son désastre commercial. Tandis que celles-ci allaient et venaient ici, heurtées par le destin, — dans un bouge semblable, sa fille, à lui, allait et venait....

Tout à coup, sa face s'écarquilla et les larmes y ruisselèrent, comme le suc s'écoule d'un fruit écrasé sous le talon. Une obsession l'avait saisi ; dans sa tête s'installait une de ces ritournelles que l'on ne peut chasser, qui vibrent toutes seules et sans cesse au fond de la conscience ; c'était la lente et douloureuse et lointaine mélopée du petit apprenti :

Pan ! Pan ! Pan !
V'la l' commerce qui r'prend !

Rivalité

Ce soir de novembre, avant huit heures, le village de Chantrel semblait déjà endormi. Une voyageuse y abordait lentement : Jacqueline, venue de Paris à pied, en état de grossesse avancée.

Elle reconnut de loin la maison de sa mère, le vieux pied de vigne tordu, les volets verts, le toit aux tuiles moussues éclairé d'un rayon de lune.

Contre la porte close, elle frappa d'abord doucement, puis de toutes ses forces, sans obtenir de réponse.

Au bruit, quelqu'un sortit du logis voisin :

— Qui c'est donc qui heurte chez la mère Thibaut?

— C'est moi....

— Eh ! misère ! C'est point toi, Jacqueline? Je te reconnais point.... Et d'où que tu sors? Mais, ma pauv'fille, la mère Thibaut, v'la bien un mois que nous l'ons enterrée.

Jacqueline s'affaissa évanouie, sur le seuil. Un grand scandale se répandit dans le pays, et pendant une heure des gens accoururent qui dirigeaient la lumière de leur lanterne sur le visage de « c'te revenante de Paris ».

Cependant, des soins sommaires firent cesser la syncope. Une bolée de soupe chaude fut apportée. Puis, le garde champêtre installa Jacqueline pour la nuit, au corps de garde, gîte éventuel des chemineaux.

Le lendemain, à la mairie, l'on fut bien embarrassé. Des créanciers avaient fait mettre sous séquestre la masure de la mère Thibaut. Que faire de cette Jacqueline qui ne pouvait plus se traîner, à bout de souffrances, et qui n'accoucherait peut-être pas avant deux mois ?

*
* *

Or, le territoire communal très étendu comprenait une partie élevée, dite Chantrel-le-Haut, en amphithéâtre à un kilomètre de la rivière, et une partie riveraine, dite Chantrel-le Bas.

Les seules habitations de Chantrel-le-Haut étaient des villas appartenant à des Parisiens. Entre ceux-ci et les paysans l'accord régna pendant plusieurs années, puis, pour des motifs de jalousie indéterminée, la brouille éclata et demeura.

Les Parisiens ne furent plus représentés au conseil municipal, les Chantrellois crièrent bien fort qu'ils n'avaient rien de commun avec les gens de la ville, à quoi ceux-ci ripostèrent, pleins d'ironie, qu'en effet, ils différaient des villageois en tous leurs sentiments.

L'hostilité locale visait surtout M. Durand, un artiste peintre, qui habitait le pays toute l'année. C'était un célibataire d'une quarantaine d'années, au visage mat encadré de barbe noire, grand, mince, l'air distingué, fier.

Naguère, comme il lui fallait une servante à demeure, un bel empressement s'était manifesté. On lui avait proposé toutes les filles en âge de se placer, depuis les saintes-nitouches aux yeux trop sagement baissés, jusqu'aux effrontées immédiatement disposées à rire. Aucune n'avait été agréée. Il n'avait pas voulu non plus de commères appétissantes autorisées par leur mari, ni de deux veuves encore jeunes.

Après réflexion, il s'était accommodé d'une vieille femme qui venait à la journée pour le ménage et les repas.

On ne lui pardonnait pas ce choix, jugé dédaigneux et offensant.

*
* *

Voilà pourquoi l'aubergiste Radurot, présent à la mairie, au moment où l'on cherchait à se débarrasser de Jacqueline, obtint un succès de bruyante gaieté, lorsqu'il déclara avec son accent sérieux de farceur renommé :

— Puisque les Parisiens ont des goûts à part, v'là bien l'affaire de M. Durand.

Mais Radurot ne s'en tint pas là ; malgré les protestations du maire et de l'adjoint qui se tapaient de grands coups sur les cuisses, il emmena bel et bien Jacqueline passive, résignée, afin de réaliser une présentation en règle.

L'infortunée était vraiment effrayante de laideur. Elle avait couché tout habillée sur la paille, des brindilles restaient piquées dans ses cheveux jaunâtres, broussailleux ; sa face creuse, naturellement tachée de rousseur, était masquée de flaques brunes indélébiles ; une telle lassitude l'accablait que son menton pendait, lui faisant une bouche entr'ouverte de bête fourbue. Sa robe et son caraco usés, poussiéreux, pilés, se contorsionnaient sur son corps difforme ; à cause de ses pieds enflés, elle boitait.

A la grille de la propriété, l'aubergiste sonna et, sans attendre, entraîna Jacqueline dans la vaste cuisine du rez-de-chaussée. La femme de ménage était absente, le maître du logis arriva au bout d'un instant.

— Bonjour, m'sieu Durand, fit Radurot. la casquette à la main, l'air obséquieux, semblable à un pitre de foire par son long nez et ses joues rasées ; à tout hasard, je vous amène une servante qu'a rudement besoin d'être acceptée. Comme vous n'avez pas voulu de nos jeunesses avec leur certificat de garantie, v'là un échantillon qui sera peut-être à point pour vous...

La porte, laissée ouverte, lui laissait une retraite facile, et adroitement il poussait Jacqueline devant lui pour se garantir d'une quelconque explosion.

Tout d'abord, M. Durand avait eu un haut-le-corps de stupéfaction ; puis en quelques coups d'œil prompts, il avait deviné l'histoire en gros : une vagabonde échouée dans le pays et trop endolorie pour qu'on la remît sur la route. Ses premiers mots s'adressèrent à Jacqueline :

— Vous venez de loin, à pied ? Asseyez-vous sur cette chaise.

Jacqueline se déplaça comme une estropiée ; ses souliers boueux, crevés, ne tenaient plus que par les cordons serrant la cheville. Au-dessus de ce ligaturage, une enflure énorme faisait bourrelet.

Ce fut à Radurot d'être stupéfait. Brusquement, le fier et distingué M. Durand se pencha, s'agenouilla, et se mit à dénouer les cordons, à arracher à pleines mains les chaussures immondes,

Puis, il se releva, et le visage ému, transformé, il parla à Radurot sur le ton modéré, un peu confus et affectueux, d'un homme à qui l'on vient de rendre hommage.

— Je vous remercie bien de m'avoir donné la préférence... de m'avoir assez estimé pour conduire ici cette voyageuse en détresse. Je la garde, selon la loi indispensable de l'hospitalité.

Il souriait, reconnaissant, débiteur heureux, mais il ajouta, grave, cachottier, comme un privilégié qui craint d'avoir à partager une aubaine :

— Dites donc, gardez-moi le secret, je vous prie... C'est que je ne suis pas seul de Parisien, à Chantrel-le-Haut... mes voisins seraient jaloux, ils trouveraient qu'ils avaient autant de droit que moi à offrir l'hospitalité.

Un tel magnétisme sincère se dégageait de toute sa physionomie, que Radurot cessa involontairement d'être goguenard et répondit avec conviction, clignant, hochant la tête pour affirmer sa connivence :

— N'ayez crainte, c'est entre nous.

*
* *

Il s'en retourna soucieux, réfléchissant, du rouge au front par intermittence.

Ce fut seulement devant les amis qu'il s'efforça de rentrer dans son rôle de mystificateur impayable. Il raconta, riant faux, gesticulant avec application, que M. Durand, tout penaud, n'avait pas osé renvoyer Jacqueline, et il se vanta de l'avoir laissé furieusement embêté, ne sachant que faire.

— Ah ! ah ! c'était une sacrée farce !

Mais, subrepticement, le premier malheureux qui passa, — de ceux qne l'on éloignait d'ordinaire à coups de fourche, selon une vieille tradition chantrelloise, — il lui bailla la soupe et un verre de vin, comme ça, sans motif... une lubie, mais oui, pour rien, parce qu'il était un sacré farceur...

Alors, bientôt, sans qu'aucune entente fût intervenue entre les Chantrellois, il arriva que la route de Chantrel-le-Haut fut en quelque sorte barrée aux malheureux; on ne les laissait pas monter, on les arrêtait avant la côte pour leur offrir secours et asile, puis, on les reconduisait par un chemin de traverse qui évitait Chantrel-le-Haut.

Après quoi l'on bougonnait, l'air menaçant:

— Si les Parisiens veulent des indigents pour s'amuser à donner leurs aumônes qu'ils aillent en chercher à Paris.

C'étaient les paysans besogneux, chargés d'enfants, ceux ayant déjà la figure durcie, creusée par la peine, qui montraient la grimace jalouse la plus intraitable.

— Où que vous allez, le mendiant? Là-Haut? Y a personne de bon... y ne donnent rien, ces gens-là... Et ici, on est donc des sauvages, des égoïstes? Et ce pain-là, avec quoi qu'il est fait? avec du plâtre?

***

Le maire, après entente avec le conseil municipal, a fait déplacer le poteau réglementaire : « Mendicité interdite. » On l'a transporté de Chantrel-le-Bas, dans l'intérieur de la commune, au débouché de la côte, de façon que l'interdiction de mendier concernât uniquement le séjour des Parisiens.

C'est Binard, le maçon, un ivrogne fieffé, généralement réfractaire au travail, qui a voulu desceller et resceller le poteau, à ses frais, sans aucun salaire.

Chaque fois qu'il a bu un coup de trop, il vient titubant se planter devant le poteau, et il vocifère, des larmes dans la voix, le poing tendu vers les villas de Chantrel-le-Haut :

— Interdire les mendiants!... si c'est pas honteux... tas de sans-cœur de Parisiens!...

Les paysans, au passage, l'approuvent d'un hochement de tête indigné.

La Belle Époque

Ma chère Phonsine,

Je suis heureuse de pouvoir t'écrire enfin une lettre pas pareille aux autres, où depuis si longtemps je te disais : « T'as bien de la chance d'être à Paris, ici rien d'intéressant, toujours le même travail de province, endormant comme de jouer aux cartes sans enjeu. »

Cette fois, il y a du nouveau, car notre ville a enfin eu son exécution capitale, et dans les meilleures conditions, qui ont redonné de la gaieté à la maison pour longtemps.

D'abord, on a cru que la peine de mort allait être supprimée. Madame pleurnichait: quelle déveine d'avoir un tribunal, une prison, de pouvoir compter à peu près sur deux condamnés à mort par an, et de se taper pour les bénéfices !

Ensuite, on a cru que les exécutions amèneraient des mesures administratives, comme on dit, et que ça serait plutôt mauvais pour le commerce.

Y avait de quoi être dans l'inquiétude, car plusieurs de nos clients se faisaient un plaisir d'effrayer Madame par leurs racontars.

Réfléchissez, qu'ils disaient : c'est bien prouvé que l'alcoolisme est la principale cause des crimes, — directement ou pas directement, — l'alcool que vous buvez ou que vos parents ont bu peut vous rendre criminels. Alors, puisqu'on veut empêcher les crimes, il ne suffit pas de faire marcher la guillotine, il y a des mesures absolument nécessaires par la même occasion. Ainsi, au moment des exécutions, on va forcément ordonner que les débits de boissons soient surveillés avec sévérité, surtout qu'ils ferment plus tôt et que même plusieurs assommoirs ne soient pas ouverts. Ce sera un avertissement au public : « Vous voyez que la bamboche mène au crime et à l'échafaud, ne faites donc pas d'excès, on vous enlève autant que possible la tentation. »

La patronne et nous aussi, on coupait là-dedans, tellement c'était expliqué avec un air de clarté.

Et voilà que c'est tout le contraire qu'est arrivé!

Madame l'administration a bien pris la peine d'ordonner des mesures spéciales pour l'exécution, mais ça a été pour autoriser tous les débits sans exception à ne pas fermer la nuit, à ouvrir en grand avec des locaux supplémentaires ! Censément l'administration engageait les gens à redoubler d'alcoolisme.

Alors, ma chère, ça a fait comme si les habitants avaient reçu une invitation officielle à la biture! Ils n'auraient peut-être guère pensé à faire la bombe, mais du moment qu'il y avait autorisation exceptionnelle de se cuiter, ils auraient cru perdre en n'en profitant pas. Tout le monde s'est mis en fête par obéissance au règlement : des hommes d'ordinaire très sobres, et même des femmes et des enfants. Y a eu des mômes qui ont fait leur début dans l'eau-de-vie, cette nuit-là, et qui y ont pris goût pour toujours.

Nous avons été renseignées doublement, car un estaminet fait partie de la maison et les clients nous venaient après avoir passé dans d'autres établissements. Il paraît que tous les bars, cafés, brasseries, caboulots avaient des éclairages et des affichages extraordinaires, et des drapeaux bien entendu, beaucoup de drapeaux. La foule se bousculait de tous côtés pour entrer ; on a manqué d'absinthe partout, malgré les précautions prises.

Partout de la musique, des chants. Comme il me suffit d'entendre une chanson une fois pour la savoir, j'en ai appris deux ou trois. Ah! ma chère, tu n'imagines pas ces cantiques, — ce qu'ils devaient instruire la jeunesse et même les grandes personnes.

Mais c'est curieux, hein, cet effet d'une exécution, que ça pousse les gens au chant et à la boisson !

Et puis, y a un autre effet qui s'accompagne bien avec le premier et qui est encore plus étonnant, — et cet effet c'est un déchaînement de l'amour.

D'abord nous l'avons vu, comme quantité de consommateurs. Tu sais que dans une ville de province, la clientèle est toujours la même, — eh bien ! cette nuit-là, nous avons eu un tas de messieurs nouveaux, qu'on ne connaissait pas et déjà plusieurs se sont habitués à revenir. Vers le matin, il en est arrivé un, faisant du mystère, le col de son pardessus relevé, les épaules remontées comme s'il portait tout ce qu'il y de plus lourd au monde, et le sourire bon enfant, pour signifier : je suis très fort mais très modeste. Des avocats l'ont reconnu, il leur a fait signe en disant : non, non, pas d'ovation. Alors on s'est contenté de chuchoter; j'ai seulement entendu parler de ministère public.

Ensuite, nous avons vu l'effet de l'exécution par l'entrain chez tous; on ne distinguait pas les vieux des jeunes. Nous avons eu des gamins qu'on n'aurait pas toléré en temps ordinaire, et des grands-pères à qui on aurait renoncé en temps ordinaire aussi. Toute la bande se ressemblait avec une espèce de férocité dans les yeux et dans les mâchoires, même quand ils étaient à rire et à chanter.

Mais le plus drôle a été une troupe de farceurs qui promenaient dans les établissements une bonne femme déguisée, avec des cheveux gris. Tu parles d'une comédie, je l'ai presque toute retenue.

— Je suis la mère du condamné, disait la bonne femme.

— Asseyez-vous donc, Madame, et comment que ça va ?

— Ça va bien mal, mon cher Monsieur.

— Vous avez sans doute un peu de préoccupations, mais voyez si tout le monde prend part à votre préoccupation : comme boisson, y a pas moyen de faire mieux.

— Oui, mais, disait la femme, c'est la nature qui souffre en moi.

— Quant à ça, Madame, tout le monde aussi console la nature ; c'est une vraie guerre civile entre les deux sexes et toute la ville ne fait qu'un grand champ de bataille. Musiciens! jouez-nous *« l'Amour au sang »*, grande marche nationale.

(Y avait un violon qui faisait des rugissements et des pistons qui complétaient la danse.)

La bonne femme gémissait :

— C'est pas ça qui me remplacera mon enfant, et que v'la la patrie privée d'un citoyen.

— Qu'est-ce qu'il vous faut donc, pauvre mère ! Réfléchissez que dans la quantité des couples qui font le grand punch d'amour au sang et à l'alcool, réfléchissez, pauvre mère, qu'il va se créer des enfants cette nuit ! Et je vous promets que ça ne sera pas des enfants ordinaires ! Soyez sûre qu'on vous le remplacera votre fils, et que la patrie n'y perdra rien !

La bonne femme pleurait encore :

— Dire que dans tous ces messieurs en force de consoler la nature, y en a pas un qui pense à moi en particulier.

Tu vois d'ici la rigolade. N'empêche qu'il est venu à plusieurs reprises des dames de vrai, voilées, encapuchonnées, qui faisaient semblant de pas savoir dans quel endroit elles étaient entrées.

Mais enfin, pour une nuit pareille, il n'y a pas eu trop de dégâts. Bien entendu, il y a eu quelques batailles, quelques coups de couteau, c'était forcé, mais presque rien, vu la quantité de gens qui étaient saouls perdus, et pour ainsi dire pas de blessures mortelles.

On n'a trouvé qu'une vieille, inconnue dans la ville et qui n'était même pas de la région. On l'a ramassée, tombée contre le mur de la prison, du côté de la campagne ; elle s'était arrêtée aux lumières et aux drapeaux. Elle était morte, probablement de faim et de fatigue. Elle avait dû marcher plusieurs jours et plusieurs nuits sans repos, tellement elle était efflanquée, blessée comme une pauv' bête, n'ayant plus de sang, plus de chair et bientôt même plus d'yeux.

Pour te finir, je te dirai que grâce à ce coup de commerce, j'ai pu payer mes dettes et renvoyer l'argent des deux mois que je devais aux Binard, les paysans qui élèvent mon petit garçon. (Sais-tu qu'il va déjà sur ses huit ans !) Je leur ai mis une lettre avec le mandat de la poste :

« Surtout, ne laissez jamais mon petit goûter des alcools, pas même du vin ; qu'il prenne seulement du lait et de l'eau. Et vous père Binard et votre femme aussi, ne buvez jamais et si vous entendez parler d'une exécution capitale dans la ville voisine, surtout restez bien chez vous, ne sortez pas de vos champs pendant un jour ou deux. Le soir, fermez les fenêtres, car y a comme une épidémie dans l'air à ces moments-là. Travaillez un peu plus que d'habitude, faites la soupe un peu meilleure, dormez un bon coup et restez dans la bonne simplicité de la nature. »

Voilà ce que je leur ai recommandé et j'ai chargé le père Binard, quand il irait à la ville et qu'il passerait devant la porte de l'hospice, de mettre une pièce vingt sous de ma part dans le tronc des enfants dégénérés.

Ton amie qui t'aime.

Le Déserteur

Parmi les gigolettes du quartier des Gobelins, Virginie, la femme à Fumeron, était des plus extraordinaires ; dès la puberté, elle s'était mise au trottoir, comme une autre se serait mise au chant ou à la couture. Et dès lors, malgré les occasions heureuses offertes par des œuvres charitables, elle avait toujours refusé — par un sentiment honnête et fidèle — de renoncer au métier vagabond qui avait nourri son adolescence.

Si Virginie pouvait se classer dans la catégorie des phénomènes, il faut avouer que Fumeron et ses parents représentaient aussi des individualités peu ordinaires.

Tandis que Virginie faisait son marmitage de vocation le long de l'avenue des Gobelins, Fumeron, âgé de vingt-trois ans, vivait gentiment, les deux mains dans ses poches : particularité assez rare dans le quartier, où l'on est plutôt guerroyeur, — les poings hauts, — de dix-huit à vingt-cinq ans.

Lui, Fumeron, se tenait en dehors de tout :

depuis le travail, jusqu'au service militaire, car il se trouvait déserteur sans le vouloir, bien innocemment : parole d'honneur !

Démonstration. Fumeron, à vingt ans, appartenant au contingent de Paris, avait été incorporé dans un régiment de l'est, à Toul. Au bout de dix mois, il était revenu avec une permission de quinze jours et, ma foi, sans préméditation fautive, il n'était jamais retourné là-bas.

Le prix du voyage — quart de place militaire, pour Toul — est de sept francs. Trois fois, Fumeron avait eu la bonne volonté de partir ; il s'était mis en route sagement, pour la gare de l'Est, muni de l'argent nécessaire, — et trois fois, par le fait de camarades, de rencontres, de hasards et de marchands de vin, — il était arrivé au guichet sans argent pour son billet !

La première fois, il serait rentré juste à la fin de sa permission ; la seconde fois, il aurait eu un retard peu grave et, la troisième fois, il serait arrivé à point pour ne pas être déclaré déserteur.

Le délai extrême passé, cette évidence était apparue à tout le monde, même à ses parents, même à Virginie : qu'il devait rester en paix à Paris. Il était virtuellement déserteur, son cas demeurait le même dans un endroit ou dans l'autre, — donc inutile de bouger. Rien à faire contre un accident de force majeure.

Il avait dépouillé ses vêtements militaires et il était redevenu, — comme précédemment, — le fermier de la nommée Virginie, sans se cacher, sans changer de domicile, sans cesser d'aller voir ses parents. Depuis deux ans, l'autorité militaire ne l'avait pas capturé tant était imperméable la solidarité régnante, dans le quartier.

Quelques agents de la Sûreté connaissaient Fumeron ; ils se gardaient bien de l'arrêter, en vertu d'un raisonnement judicieux : « Voilà un homme qui promet, il est déjà déserteur, attendons ; il nous rapportera certainement quelque chose de conséquent. Il faut savoir ménager ses espérances. » Le commissaire de police était aussi dans ces idées-là :

— D'une façon générale, disait-il, faut laisser fructifier. L'arrestation d'un déserteur est un maigre exploit, indigne de la Sûreté... et d'ailleurs, ça regarde la gendarmerie. Chacun son service.

***

Les parents de Fumeron étaient concierges depuis quinze ans, dans la même maison, avenue des Gobelins : inutile de dire s'ils jouissaient de la considération publique.

La mère était une ancienne « enfant de la balle » ; elle avait, jadis, paradé sur les planches : écuyère, chanteuse, « utilité », et de cette époque glorieuse elle avait gardé un cabotinisme invétéré, une grandiloquence de mélodrame, un besoin d'attitude théâtrale qui sévissaient chaque fois qu'elle avait bu un marc de trop.

Depuis deux ans, elle avait un rôle superbe, pathétique, retentissant, pour ses heures de marc : elle était *la mère du déserteur !* Il fallait la voir, il fallait l'entendre, dans la loge, dans l'allée de la maison, devant les boutiques : elle jouait, elle était en scène à l'Ambigu, sa voix tragique escaladait les hautes gammes, son geste sublime se développait :

— Le cœur d'une mère est si fragile !... Pour moi, il n'y a plus de repos, plus de bonheur; tout est fini. Je suis la mère éplorée qui tremble jour et nuit; pensez donc ! se dire sans espoir : mon fils est déserteur ! Partout, en secret, en public, dans la rue, dans mon sommeil, j'entends une voix fatale qui crie à mon oreille : déserteur ! déserteur ! Et alors, sans cesse, je crains qu'il ne soit pris, dénoncé, condamné : il est si reconnaissable avec sa balafre à la joue droite, sa casquette de chauffeur, son complet de velours marron et qu'il habite à trois minutes d'ici, au 185 de l'avenue, au cinquième, la porte en face ! et qu'il vient ici nous voir tous les jours à onze heures pour l'apéritif du matin ! Ah ! je saurais le défendre, malgré mes cheveux blancs !... Qu'on vienne donc le chercher !... Non, Monsieur, non, Madame, rien ne me fera renier mon enfant ! Je continuerai à me dévouer pour lui, comme je fais maintenant ! ma vie se passera en héroïsme !... D'autant plus que, à part sa désertion, mon fils a toutes les qualités : y a pas plus honnête, — presque jamais ne cognant sur sa femme, Virginie, qui pourtant ne doit pas être sans défaut... quand ça ne serait que la gourmandise... Et il est doué! mais doué naturellement, au point que saoul, il est encore plus gentil qu'à jeun! Ça serait, Madame, à l'entretenir saoul tout le temps!... Et vous voudriez que mon cœur de mère résiste a tant de tortures!...

Le père, lui, ancien machiniste, quand il avait un marc de trop sous le nez, s'élevait aux grandeurs morales et civiques : il devenait le personnage antique, le vieux Romain capable d'immoler son fils, de ses propres mains, sur l'autel de la patrie.

*
* *

Un jour, vers les trois heures de l'après-midi, M. Fumeron père, emporté par l'ardeur du marc, avait quitté son domicile, en donnant des signes de noble et véhémente agitation : il allait adjurer le déserteur de faire sa soumission au drapeau, de payer sa dette à la France.

Fumeron fils était absent, mais Virginie se trouvait au logis, oisive, attendant l'heure persilleuse. Faute de mieux, le père se mit à lui verser la morale en théorie qu'il avait apportée toute brûlante.

Il y ajouta des exhortations personnelles.

— Conseillez-le, vous qui êtes une femme de cœur. Montrez-lui le devoir sacré envers la patrie... aussi bien vous lui enverrez de l'argent, là-bas... Car enfin, faut pourtant avoir de l'honneur!

Son éloquence était vraiment émouvante, enflammée. Voilà Virginie bouleversée jusqu'au fond de sa conscience morale, tant et si bien qu'elle et le vieux tombèrent aux bras l'un de l'autre, chavirés sur la courtepointe.

*
* *

L'action était dans son entière flagrance, lorsque Fumeron jeune apparut sur le seuil de la porte mal close.

Tableau! pénible remise en ordre et en place des personnages dans un premier silence dramatique.

Par chance, Fumeron jeune, lui-même, était quelque peu éméché et bonifié d'autant, — n'empêche que (l'atavisme maternel aidant), son attaque de rôle fut mouvementée avec fracas.

Tout d'abord, muet, il croisa les bras en posture spectrale et justicière, puis sa voix retentit lente et déclamatoire :

— Bon courage, braves gens! Voilà qui peut s'appeler une trahison! Profiter sournoisement de l'absence d'un homme retenu auprès de ses camarades par les devoirs de l'amitié et par l'honnêteté du jeu de manille!

Il évoqua le châtiment rituel des coupables, et sortit même son rigolo (revolver) — sans volonté homicide, pour l'exactitude de la mise en scène.

Cependant, les deux partenaires surpris avaient promptement rajusté leurs idées.

Virginie, après l'apostrophe de son homme, eut l'intuition géniale de ne pas faire discordance, de maintenir l'affaire sur le diapason théâtral.

— Alors quoi? qu'est-ce qu'il y a! s'écria-t-elle, les bras au ciel de lit. — C'est bien la peine d'avoir du sentiment! Voilà ton père qui vient te voir, — tu n'es pas là... Je suis forcée à des égards tout de même! Est-ce qu'on peut laisser les gens attendre indéfiniment sans une politesse?

Puis elle prouva à Fumeron que c'était par affection pour lui qu'elle avait accueilli si étroitement son père, — et aussi par discipline familiale; elle avait dû respecter un élan de double paternité. Le vieux avait une telle éloquence qu'elle était censément redevenue petite fille : refuse-t-on l'étreinte d'un père?

— Enfin, tout à coup j'ai été tout amollie par ses phrases sur les devoirs du citoyen, qui résonnaient comme un catéchisme, je me suis mise à chialler, que je m'essuyais les yeux avec ma chemise... Et c'est-il de notre faute si l'émotion se communique?

Le père Fumeron qui était toujours en mal de morale avait aussi abondé dans le sens héroïco-dramatique.

— Ainsi tu prends les choses vers l'égoïsme? Ce que j'en ai fait, c'est emballé sur le moment par la chaleur de l'estime pour une femme qui, en somme, se conduit bien avec mon fils! J'ai voulu faire voir qu'il n'y avait pas de mépris de ma part, quand je disais « renvoyez-le au régiment », ça ne voulait pas dire que tu étais mal loti avec Virginie... J'ai voulu, au contraire, y faire sentir, oui, y faire sentir à ta femme, que si tu partais là-bas, on ne serait tout de même pas des étrangers avec elle, on ne la renierait pas pour ça... attendu qu'elle saurait veiller à ce que l'argent ne te manque pas... et ta mère que tu oublies... une fille console de l'absence d'un fils, dans les familles unies...

La conclusion, prononcée pathétiquement par Virginie et répétée gravement par Fumeron père avait été :

— Dans tout ça, on n'a pensé qu'à toi.

***

L'évidence éclata, la réconciliation s'opéra en poignées de mains à la fois solennelles et affectueuses, en noble phrase d'invitation ; car il n'y avait plus qu'à descendre boire un verre.

Mais, par une obstination inexplicable, Virginie — pourtant défroissée, — refusa absolument d'accompagner les deux hommes chez le troquet d'en bas.

Ils se résignèrent à trinquer sans elle. Aussi bien, ils éprouvaient une satisfaction particulière qui s'épanouirait mieux sans femme.

— Une bouteille cachetée, commanda le père.

Et ils s'assirent face à face, les pouces aux entournures, le front superbe.

Ils suintaient vraiment le grand orgueil mâle.

Chacun était content de soi-même, et d'autre part, Virginie, par ses discours, par ses sentiments, par ses actes, — de toutes les façons, — avait rendu chacun gonflé de la vraie, de la plus haute fierté, — laquelle a toujours pour objet une femme.

Le père était fier du succès de son éloquence morale, et fier d'avoir fait la femme à son fils.

Fumeron jeune était fier de se montrer un homme à la hauteur, qui savait apprécier les grandes envolées — et fier d'avoir une femme et un père qui donnassent à comprendre des sentiments élevés.

Ils trinquèrent, ayant à peine besoin de parler, leur épanouissement disait tout : ils avaient escaladé le ciel, quoi !

Le vieux surtout, grisonnant, avec sa tête de Gaulois, était épatant, le verre en main, la langue épaisse :

— Y a pas à dire, c'est la femme qui fait que l'homme est roi.

Ils souriaient, ils sentaient en eux une grandeur qui englobait le temps, l'espace, la race : partout et toujours la supériorité des mâles avait brillé, souveraine.

En route vers de telles altitudes, ils atteignirent les suprêmes sommets : de sentencieuses moralités furent échangées. Il était possible que Fumeron, conduit solennellement par son père, allât faire sa soumission au drapeau, — seulement on avait le temps, l'époque restait imprécise.

Alors, nécessairement, eut lieu un bel assaut de courtoisie, à qui paierait la première bouteille.

— Je veux te faire voir le cœur d'un fils, déclarait Fumeron.

— Et moi je veux te montrer mon âme paternelle ! rétorquait le vieux.

Ce dernier finit par l'emporter, en invoquant son droit, l'autorité du père de famille et ses titres à régaler en l'honneur de la patrie, notre belle France.

— Patron ! la bouteille c'est moi....

Un beau geste à son gousset, — et Fumeron père découvrit *qu'il avait été entôlé par Virginie ! !*

Quelle chute du ciel !

Pas étonnant que Virginie eût refusé si obstinément de venir trinquer ! Parbleu, elle avait filé boire sans hommes !

Fini l'orgueil !

Ah ! que l'homme est petit au regard de la femme ! Nulle supériorité ne tient devant la duplicité féminine.

Le vieux était surtout honteux pour son fils.

En effet, c'était Fumeron jeune qui paraissait le plus descendu de sa fierté. Il avait cru posséder une femme aimante et à beaux élans, — ayant accueilli son père par noblesse de caractère et par extension d'affection. Et alors, lui, propriétaire, en ressentait un mérite personnel : pour avoir une femme épatante, il faut être soi-même un mâle épatant.

Et au lieu de ça... ! quelle dégringolade ! Il était probable que la sérénité naturelle de

Fumeron en resterait à jamais pochée de noir.

Instantanément il avait dénié toute pureté à l'espèce féminine.

— Et par-dessus le marché, papa, tu feras bien de prendre garde... on ne sait jamais ce qui peut arriver...

Les Chemises

Si sa bonne n'avait pas bavardé, jamais on ne se serait douté que la jeune femme venue dans le pays pour y passer la belle saison était une cocotte ; car cette personne avait un air distingué, une tenue réservée, qu'auraient pu envier l'épouse de l'adjoint et la dame du maire.

Cette personne était une blonde assez jolie, mais d'une santé délicate; elle avait loué une petite maison entourée d'un jardin et elle passait la plus grande partie de son temps à soigner ses fleurs et à lire. Les mendiants de passage qui s'arrêtaient à sa porte repartaient toujours en marmottant des remerciements et des bénédictions.

Tant qu'ils l'avaient prise pour une simple rentière, les naturels du pays avaient eu plutôt des égards pour elle; mais, du jour où ils surent que c'était une cocotte — (bien que jamais l'on n'eût vu venir un homme chez elle) — de ce jour-là, ils l'eurent en exécration.

Les femmes et les filles pourvues d'un amoureux en voulaient à la cocotte parce qu'elles étaient obligées de se donner pour rien.

Les femmes et les filles sans amoureux ui en voulaient *parce qu'elles étaient vertueuses* (On reproche volontiers ses vertus aux autres).

Femmes et filles avec ou sans amoureux étaient furieuses comme si l'argent qui entretenait la cocotte leur était pris à elles, comme s'il eût dû leur revenir.

Les ménagères s'irritaient précisément de ne pas voir venir d'homme chez elle. Étaient-elles donc des objets de nécessité et la cocotte était-elle un objet de luxe dont on usait avec ménagement?

La femme de l'adjoint et celle du maire se montraient réellement outrées; ces dames prétendaient seules avoir qualité pour se reposer et pour se soigner.

Les hommes, maris ou garçons, la haïssaient parce qu'elle était fragile et jolie, parce qu'on ne pouvait pas la conquérir d'une bourrade.

On lui faisait aussi un crime de n'être pas une vraie rentière. On se fâchait qu'elle se permît d'être une exploitée particulière; on la détestait à cause de sa douceur et de sa faiblesse; l'amour-propre local s'appliquait à renchérir sur la réprobation nécessaire et convenue.

Enfin la rancune générale était très justifiée; et cette rancune se manifestait d'une façon bien naturelle : tout ce qui était pour la cocotte se vendait quatre fois le prix réel, et, par-dessus le marché, on trichait sur la qualité en même temps que sur la quantité des objets vendus.

***

La cocotte tomba malade. Sa bonne, bien conseillée, profita de la circonstance pour faire ses malles et s'en aller. A prix d'or, et par humanité, une femme du pays consentit à venir faire le ménage chez la malade. Alors il se produisit des retards inexplicables chaque fois qu'on alla chercher le médecin; il se produisit des retards malencontreux, des oublis, des méprises regrettables chaque fois qu'on alla à la ville acheter des médicaments.

Bref, la cocotte mourut un peu vite. On ne trouva pas un sou chez elle; le fait aurait pu paraître bizarre, car elle avait l'habitude de payer ses dépenses au comptant et jusqu'au dernier moment elle ne demanda de crédit à personne; après tout elle avait peut-être eu la bonne idée de se laisser mourir juste au moment où sa dernière pièce était dépensée.

On ne lui découvrit pas de parents, on ne connaissait pas son entreteneur ; seul le garde champêtre suivit le corps au cimetière, par ordre ; quelques malheureux à qui la cocotte avait été secourable l'auraient volontiers accompagnée à sa dernière demeure, mais ils s'en gardèrent bien ; ils se seraient exposés à mourir de faim comme des pestiférés.

L'autorité judiciaire ordonna la vente des meubles de la défunte, pour payer l'enterrement, le loyer de la maison, et les gages de la femme de ménage. Cette dernière avait manifesté l'intention, en commençant son service, de se faire payer à la journée, mais elle s'était ravisée, probablement.

La cocotte possédait des quantités de linge et de vaisselle. Comme le produit de la vente serait certainement assez fort pour payer les dettes, même en vendant pour rien, les gens du pays se donnèrent le mot pour ne pas pousser les prix ; ce ne fut pas une vente, ce fut un partage. La rancune générale continuait de se manifester, d'une façon nouvelle, mais tout aussi naturelle : les meubles de la cocotte seraient achetés le vingtième de leur valeur.

Avec quelle joie vengeresse nos paysans emporteraient dans leur honnête intérieur la vaisselle, les meubles, les draps de cette coquine ! chacun recevrait une légitime indemnité.

Ça allait être pour eux l'assouvissement d'une juste colère, la revanche de l'honnêteté, de manger dans ses assiettes impures, de coucher dans ses draps prostitués. Et comme l'on comprend bien cette explosion de la vindicte publique : il ne sera pas dit que nous ne nous torcherons pas le bec avec des serviettes fines, que nous ne culbuterons pas sur des matelas riches, comme faisait cette coquine qui était entretenue ; enfin nos filles si pures auront dans leur trousseau une pièce du ménage de cette fille, elles mettront ses pantalons et cette répartition de dépouilles placera pour une fois l'humble vertu et le vice insolent sur le pied d'égalité.

* * *

Pour procéder à la vente, le commissaire-priseur et son commis avaient sorti tous les objets dans le jardin, devant la maison dont les fenêtres restèrent ouvertes ; et ils s'étaient fait, avec des tables, une espèce de comptoir, sur lequel étaient présentés des lots un à un jusqu'à l'adjudication. Devant le comptoir les notables du pays avaient apporté leurs chaises et formaient un premier rang assis ; derrière se tenaient les autres habitants debout, le cou allongé comme s'ils assistaient à une représentation théâtrale. Chacun prenait immédiatement possession de son lot et allait le poser à l'écart sur une pelouse.

L'automne touchait à sa fin ; un jour gris pesait sur la terre découragée. Une désolation venait de la maison vide, s'exhalait par les yeux tristes des fenêtres, par la bouche béante de la porte. Par moment, les arbres tout noirs frissonnaient, en deuil de leurs feuilles.

A mesure que se faisait la vente, à mesure que l'on se vengeait, la gaieté venait. Il y eut mille plaisanteries suivies de gros rires sur certains objets ; sur des portraits de famille, portraits d'aïeuls, portraits d'enfants, sur des bibelots qui devaient être de pieux souvenirs, sur des choses sans valeur soigneusement enveloppées, une poupée, des livres d'école ; sur une cage avec des serins morts de faim et surtout sur les objets de toilette.

Par exemple, un lot fut très disputé, il fut payé plusieurs fois sa valeur, et pendant les enchères, les hommes enflaient le nez et chantaient dans le cou des femmes :

> A cheval sur mon bidet,
> Quand il trotte, quand il trotte...

* * *

Les chemises de la cocotte furent vendues en trois lots : l'un fut acheté par la femme Thomas, l'autre par la femme Pitois, le troisième par les époux Lebon dont la fille se marierait bientôt.

La femme Thomas avait un galant ; elle s'empressa de mettre une des chemises de la cocotte, la première fois qu'elle dut se rencontrer avec lui. Or, leur rencontre, d'ordinaire, ressemblait à un repas qui ne comporterait ni entrée, ni dessert ; l'affaire se passait brutalement, sur le pouce, sans phrases, sans préparations initiales, ni gracieusetés finales. Cette fois-là, fut-ce l'effet de la chemise ? Avant le lever du rideau, la femme Thomas fit des coquetteries, des manières, elle fit mine de se défendre ; et, après le dernier acte, elle dit à son galant :

— Dis donc, Félix, tu vas dimanche à la foire du canton, ça ne te ruinerait pas de me rapporter un petit cadeau...

*
* *

La femme Pitois était une épouse fidèle. Un beau matin elle essaya une des chemises de la cocotte ; devant la glace de l'armoire, dans le jour tout cru, elle se regarda, elle s'amusa à prendre des poses ; elle s'aperçut alors qu'elle était belle femme, elle s'admira, elle fut contente de n'avoir pas encore trente ans ; la chemise allait bien à ses formes rondes et fermes. Et coup sur coup, au contact de la toile si fine, des idées lui arrivèrent : son butor de mari avait vraiment trop de chance de posséder seul une femme comme elle, il était incapable d'apprécier la beauté féminine, mais tous les hommes ne devaient pas avoir la même étreinte, une étreinte aussi raboteuse que celle de Pitois.

Puis, une chose lui passa par l'esprit, une chose qu'elle ne croyait pas avoir remarquée ; le percepteur, un bel homme distingué, lui faisait des yeux d'admiration suppliante. Justement c'était jour de recette et elle savait bien où le rencontrer sur le chemin, quand il s'en retournerait. Elle se redressa fière de son corps. N'était-ce pas dommage de laisser perdre tant de richesse ? Elle passa la main sur la chemise pour en tâter la finesse ; une brûlure lui vint, comme d'une caresse, elle s'habilla vivement et fila...

*
* *

C'était le fils du maire qui épousait la demoiselle des époux Lebon. Il était allé plusieurs fois à Paris et se vantait d'y avoir fait des fredaines.

Après le repas de noces, pendant qu'on déshabillait la mariée, une jolie fille qui avait su rester sage, le marié, glorieux, expliqua en claquant la langue et en clignant de l'œil que, sur sa demande, pour la première nuit, sa femme mettrait la plus belle chemise à dentelle de la cocotte.

— Comme ça, les amis, conclut-il, je vais me figurer coucher avec une femme à deux louis.

L'Exorcisme

— Vous plaisantez, mon cher recéleur ; ces obligations du Crédit Répartiteur, que je vous apporte dans une serviette en cuir, valent juste pour vous le poids du papier ? Vous aimez mieux le contenant que le contenu ? Soyons sérieux : vous me donnerez vingt sous pour la serviette, mais je veux cent francs des titres ; d'après le taux imprimé de leur émission, il y en a, au bas mot, pour dix mille francs. Je vous répète que je les possède seulement depuis hier, et ce court espace de temps rend l'affaire excellente. Vous exagérez à plaisir les risques de votre profession.

Quoi encore ? Vous ne voyez de praticable que la restitution contre récompense, et, dans tous les cas, vous avez besoin de connaître l'opération par laquelle je me suis procuré ces précieuses images ; cela vous permettra d'éviter les pièges policiers et d'étudier le meilleur moyen d'écoulement. Mon cher recéleur, avouez-le : vous voulez me faire jaser. Justement le camarade qui m'a envoyé ici disait tout bas que vous étiez un terrible compère et que, dans certaines occasions difficiles, faute de pouvoir vendre le produit du crime, vous aviez vendu le criminel.

Tant pis, la nécessité me talonne, topons là : cent francs les titres, avec leur histoire par-dessus le marché. Après tout, un homme dénoncé n'est pas un homme pris et je vous permets bien des choses, excepté de livrer mon adresse, car je n'en ai pas : je suis sans domicile.

Je commence. Vous me glacez : vos yeux brillent encore plus maintenant que tout à l'heure, à la vue des titres. Et pourquoi ce crayon ? Vous n'allez pas prendre des notes ? Ah ! bon, vous dessinez, vous avez la manie de dessiner en écoutant ; singulière manie !

*
* *

Hier donc, après-midi, j'étais à bout de fatigue, de privation et, détail pire, j'étais découragé.

Ayant perdu contact avec tous mes amis et auxiliaires, j'errais machinalement, épave des rues, tournant à droite, à gauche, sans motifs, au gré des remous.

Et voilà que, dans la rue des Capucines, un encombrement du trottoir me contraignit à piétiner derrière un monsieur quelconque, ah ! mais désespérément quelconque : l'anonyme n'offrant aucune aspérité où accrocher la plus petite observation ; un chapeau de haute forme, ni éclatant, ni terne, un dos de pardessus noir, uni, tout droit, ni large, ni étroit, ni râpé, ni cossu, impénétrable.

La circulation rétablie, M. Anonyme avança d'une allure ordinaire, sans hâte ni lenteur ; il longea la façade du Crédit Répartiteur, et au passage, il fit cet acte banal entre tous de porter les yeux vers les affiches jaunes relatives aux tirages des valeurs à rembourser. Mouvement imperceptible, nul, sans signification pour tout le monde, sauf pour l'homme mourant, — et par conséquent doué d'une sorte de seconde vue, — que j'étais alors.

Immédiatement, en éclair, j'aperçus un indice, la millionième partie d'une possibilité. Les affiches de tirage occupaient trois panneaux, M. Anonyme ne s'était pas borné à regarder le premier, il avait guigné les deux autres. Déduction : M. Anonyme possédait sûrement des titres du Crédit Répartiteur.

Et je me rappelai ces paroles d'un maître, dont la vie fut prématurément raccourcie : « Avec la plus infime donnée, si l'on a du talent, écrivain ou aventurier, l'on accomplit une œuvre. »

Vous pensez si, mû par une surgissante énergie, je m'attachai à suivre M. Anonyme ! Et je faisais intérieurement un discours à son adresse, en souriant vers son haut-de-forme :

— Ah ! ah ! Monsieur le cachottier, avec votre pardessus sans style, et votre chapeau sans prétention, vous êtes bel et bien un capitaliste. Détenez-vous des obligations communales, ou bien des foncières ? Une certaine quantité des unes et des autres, sans doute ; mes félicitations. Et vous avez raison de surveiller les listes de tirage ; il doit être fort doux de palper un gros lot. Mais, puisque j'ai ainsi pénétré dans votre intimité, vous ne me laisserez pas en plan ? Vous aurez égard à ma situation besogneuse ; vous me fournirez bien encore une minime indication ?

Ainsi devisais-je à la légère, au droit de la rue Volney, quand brusquement je fus rappelé à la sévère réalité : M. Anonyme entra dans une maison à large porte cochère, à vaste escalier lumineux, précédé d'une loge de surveillance claire et habitée. Il eût été insensé, à moi lamentable hère, d'oser seulement stationner sur le seuil de la confortable demeure.

Je retombai dans mon accablement ; désorienté, je traversai la rue et m'adossai à la façade d'un hôtel particulier, les yeux fixes, la pensée morne, amère : voilà une affaire arrêtée au début, rendue impossible par un obstacle bête et infranchissable ; M. Anonyme rentre chez lui purement et simplement, et il fait grand jour. Au diable le maître raccourci avec sa rengaine : « La plus infime donnée permet au génie d'accomplir une œuvre. » Au diable les axiomes stupides ! Je voudrais bien connaître l'adresse d'un grand romancier pour lui demander comment il donnerait une suite à la présente tentative, en restant dans la vraisemblance et sans imposer l'arrestation immédiate de l'aventurier.

Je demeurai ainsi près d'une heure, incapable même de me résoudre à déguerpir.

*
* *

Soudain, quel coup de théâtre : réapparition de M. Anonyme, qui avait changé de chapeau et s'était muni d'une serviette de cuir.

Je fus, de nouveau, son compagnon ignoré; nous partîmes dans la direction des grands boulevards, et tout ragaillardi je ne pus me tenir de reprendre mon discours, au dos de son pardessus :

— Eh! eh! M. Anonyme, avec votre haut-de-forme, vous aviez assisté à une cérémonie, à un bout de l'an, sans doute. Ce melon est votre coiffure habituelle; grâce à lui et à votre serviette ample et fatiguée, mon opinion se modifie singulièrement; vous n'êtes pas capitaliste, vous êtes un gérant, un liquidateur. Et vous venez justement de réunir ces valeurs du Crédit Répartiteur dont *nous parlions* tout à l'heure; vous les portez sans façon, à deux mètres de mes mains. Quelle coïncidence! quelle fatalité! Et comme notre rencontre si banale, si nulle, prend une tournure émouvante! Comme l'insignifiant indice premier : ce coup d'œil évasif d'un passant vers un mur, est devenu un fait considérable, une situation à issue déterminée!

Je marchais sinueusement, clignant au drap uni du pardessus et je n'étais pas loin de reconnaître que les axiomes du maître sont infaillibles, quand, tout bien examiné, une désillusion me tourmenta :

— Peut-on appliquer les mêmes sentences à la littérature et à la réalité? Parbleu, si les choses de la vie se passaient comme dans ce fragment de feuilleton que je lisais ce matin pour distraire ma fringale, vous vous engageriez, M. Anonyme, dans des rues désertes propices aux coups d'audace ou bien dans quelque sombre bâtisse, à double cour caverneuse.

Hélas! hélas! M. Anonyme, que vous êtes peu romanesque! et que vous vous prêtez peu à l'aventure! Vous voilà déambulant par les voies les plus larges, les plus animées, les plus ensoleillées : le boulevard, et maintenant l'avenue de l'Opéra! C'est une dérision; vous voulez faire remarquer mes souliers crevés, mon pantalon frangé, ma jaquette délavée, mes cheveux trop longs et ma barbe sauvage?

J'inclinais de plus en plus à la mauvaise humeur; la promenade continuait dans des conditions défavorables, je grimaçais contre les épaules de M. Anonyme.

— Vous faites exprès de flâner devant ce royal marchand de comestibles et de primeurs, parce que depuis hier je n'ai pas mangé? Hein, vous le faites exprès? Et maintenant, vous allongez le pas, sans égard pour ma fatigue. Et vous me narguez : protégé par l'ensemble des choses et des gens, par la puissance publique répandue autour de vous et par la clarté même du ciel, vous passez allègrement, d'un bras sous l'autre, la serviette aux titres, la serviette intangible; oui, vous me faites la nique. Je vous considère comme un misérable sans cœur : car enfin, ces titres, vous allez en effectuer le dépôt quelque part; ile proviennent de quelque succession en déshérence, et, trente années, ils dormiront avant de revenir à l'Etat. Croyez-vous pas qu'une meilleure destination pourrait leur être allouée?

***

M. Anonyme traversa la place du Théâtre-Français, lorgna le Conseil d'État, puis le Ministère des Finances et déboucha rue de Rivoli, devant le magasin du Louvre. Certes, en cet endroit, une véritable cohue se presse, se heurte, et, à la faveur d'une bousculade, on pourrait....

— Est-ce que vraiment vous céderiez à de meilleurs sentiments, M. Anonyme? Mais non, je ne saurais, moi seul, provoquer une bousculade : et, d'ailleurs, pour me tirer toute lueur d'espoir, vous franchissez la chaussée, afin d'avancer plus commodément sur le trottoir dégagé du Louvre-Musée. Vous êtes un abominable égoïste, un monstre, un être dénaturé.

Mes pieds écorchés traînaient pitoyablement, et c'était avec irritation, avec rage, que je fixais l'inflexible dos de pardessus.

— Ah! M. Anonyme, l'effroi paralyserait vos pas, si vous saviez quel regard s'enfonce sur vous, quel fantôme vous suit! Et s'il était vrai qu'un certain magnétisme puisse agir à distance, rendre malade, halluciner, suggestionner, en un mot, si le phénomène appelé l'exorcisme pouvait se réaliser, je vous troublerais au plus profond de votre être, car ma volonté est surtendue et inexorable? Allez, vous êtes un mauvais homme, incapable d'aider son prochain, de favoriser l'œuvre d'autrui par la plus petite concession, fût-ce en glissant sur une pelure d'orange. Et ça ne vous touche pas que je sois à bout, prêt à crever de misère : vous n'avez pas d'entrailles!

M. Anonyme quitta le trottoir du Louvre, fila parmi les tramways au risque de me faire écraser et ce fut avec une sorte de tragique solennité que j'exhalai vers sa silhouette ma dernière et muette imprécation.

— Oui, homme sans entrailles, les forces m'abandonnent, je renonce à vous suivre plus longtemps, mais soyez à jamais maudit! soyez contrarié dans tous vos désirs! soyez atteint dans vos affections les plus chères!

J'allais donc lâcher, quand soudain, il sembla que cet exorcîsme, dont je niais à l'instant la possibilité, se réalisait juste à point et qu'un charme émané de moi-même agissait sur M. Anonyme.

Jusqu'alors, il avait marché avec aplomb et décision, le port droit, empreint de raideur; voilà que, par un fléchissement subit, sa tête tournait, inquiète, à droite, à gauche; son pas raccourcissait; le dos de son pardessus se bombait, se tortillait. M. Anonyme aurait entendu mes imprécations qu'il ne se serait pas autrement comporté; je reconnus avec certitude qu'il subissait une influence puissante, irrésistible.

— A la bonne heure, fis-je, aussitôt radouci. Le cœur est meilleur que je n'avais cru, et je me rétracte sincèrement. Allons, allons, laissez-vous attendrir, M. Anonyme.

Et en effet, il cheminait rapetissé, agité; je devinais, à voir de côté son visage, perplexe, crispé, qu'il cherchait à concilier les choses. Enfin, pour me donner satisfaction, il prit une rue latérale aboutissant à la Seine; seulement, il balançait, irrésolu.

Allons! allons, courage, murmurais-je derrière lui, apercevant le quai lointain, évoquant la berge déserte et la rivière silencieuse.

***

Ah! ah! mon cher recéleur, vous redoublez d'attention ; pour le coup, vous lâchez votre crayon. Mais qu'avez-vous donc dessiné? Mon portrait, fort ressemblant, ma foi. Et puis, quoi encore? Un rébus? Mais je connais ça : ces montants, cette lunette, ce triangle affilé, ce panier? ce sont, Dieu me pardonne, les pièces du jeu de la guillotine! Ah! cher recéleur, je vois que vous formez à mon égard des vœux hautement échafaudés! seulement, pour une si glorieuse ascension, il faut des mérites suffisants : je ne les ai pas, vous allez être bien déçu. Donnez-moi mes cent francs, voici la fin.

Evidemment, M. Anonyme se proposait le quai pour but, mais il avait trop présumé de ses moyens : il s'arrêta en route. Une palissade entourait d'importants travaux d'égout; tout à coup, M. Anonyme se cacha précipitamment derrière cette palissade et, affolé, perdant toute précaution, sourd, aveugle, indifférent à ce qui n'était pas une certaine éventualité, il jeta sa serviette par terre, pour libérer ses mains frémissantes.

Je n'eus qu'à la ramasser et à courir, en remerciant M. Anonyme de n'être vraiment pas un homme sans entrailles.

La Femme-Chien

La maison située au coin du boulevard extérieur devait sa haute prospérité à une pensionnaire nommée Lurette qui attirait en foule les amateurs de frisson, et surtout les affronteurs de péril.

Lurette avait commis un attentat stupéfiant, impuni et terriblement susceptible de récidive.

Orpheline pauvre, protégée par un comité de dames charitables, elle avait été élevée en demoiselle du monde et, vers ses dix-huit ans, elle allait être dotée et mariée à un jeune fonctionnaire, lorsque, deux jours avant la cérémonie, dans un salon gaiement animé, elle avait coupé le nez de son fiancé d'un coup de dent!

Pourquoi? impossible de savoir; Lurette prétendait avoir agi « pour rien »; le fiancé mutilé n'avait pu donner aucun éclaircissement.

Pour réduire le scandale au minimum, on avait accepté l'hypothèse d'un accès de folie et la coupable, simplement répudiée par ses protectrices, n'avait pas tardé à tomber dans la débauche.

***

Par hasard, M. Desbroche, patron du « Petit Coin », apprit l'aventure. C'était, de profession, un fin connaisseur de la nature humaine; il pensa aussitôt à exploiter nouvellement l'héroïsme foncier de ses contemporains.

— Ah! ah! jubila-t-il, l'irrésistible attrait du danger! Lurette la coupeuse de nez!

Bien entendu, avant d'ouvrir sa maison à un sujet si productif, il l'avait fait expertiser : car il voulait bien endosser le gain, mais il ne voulait pas endosser les accidents du travail.

La consultation scientifique avait été favorable, en somme : « Lurette avait obéi à une impulsion fortuite exclusive; c'était un cas névropathique isolé. Un nouvel attentat ne pouvait avoir lieu que si la cause exacte du premier accident venait à se reproduire. »

Or, à titre d'expérience, on avait cherché à reconstituer la situation primitive : M. Desbroche lui-même avait imaginé tout ce qui peut se passer entre deux fiancés assis près l'un de l'autre, dans un salon : les paroles et les caresses les plus ordinaires, comme les plus bizarres, avaient laissé Lurette indifférente. Enfin ce fait capital existait qu'elle n'avait pas bronché non plus depuis ses débuts dans la galanterie, et elle avait certes entendu tout ce qu'il est humainement possible d'entendre de la part des hommes.

On ne devait pourtant pas nier le danger, mais c'était en quelque sorte un danger de toute sécurité et M. Desbroche avait risqué l'affaire. Une réclame appropriée avait informé les amateurs que la maison possédait un numéro sensationnel.

***

Le succès dépassait les espérances.

Dans la salle du rez-de-chaussée figurant un café avec de larges banquettes et des tables de marbre, on distinguait immédiatement Lurette de ses compagnes : rousses alsaciennes, brunes méridionales, figurantes ordinaires sans personnalité caractérisée.

C'était une blonde, de taille moyenne, assez potelée, au visage vaguement anglais, d'une carnation claire. Elle montrait de singuliers yeux d'enfant, étonnés, verts, indéchiffrables

Enfin et surtout sa bouche grande, à lèvres rouges vite pâlissantes, laissait voir continuellement, dans un demi-sourire, des dents blanches éblouissantes, petites, serrées, que l'on devinait coupantes, terribles.

D'autre part, Lurette différait des autres pensionnaires par son éducation soignée, dont elle gardait un cachet ineffaçable.

Et vraiment, malgré la passivité acquise, indispensable à la profession, il y avait du maniéré dans tous ses consentements; l'on sentait comme une arrière-pensée, comme la mise en réserve d'une surprise; sa physionomie offrait ce continuel sous-entendu : « Qui sait? je ne réponds de rien... » Ses yeux verts, énigmatiques, disaient : « Chiche? »

Aussi quel émoi, quel frisson réalisé, pour les chercheurs de sensation rare! Embrasser Lurette! S'abandonner au danger, dans l'état le plus désarmé! Tenter, provoquer, sans défense possible, les dents éblouissantes, au coupant si aiguisé! C'était — tout à fait — exiger la caresse d'une lionne ou d'une tigresse...

Les plus blasés, ceux que rien ne secouait plus, retrouvaient des affres étranges. Ils éprouvaient — à s'exposer — des hésitations, des troubles affolants et finalement une attirance irrésistible comme le vertige.

Les amateurs arrivaient de partout : de la province, de l'étranger même; des hommes au visage malheureux, au nez extraordinaire, animé, parlant, avide; des hommes au nez mobile comme une trompe.

*
* *

Un après-midi de septembre, un habitué se présenta, qui venait plutôt par curiosité professionnelle, que par appétit réel.

C'était un magistrat en vacances, célibataire de cinquante ans, long, maigre, osseux, à face de Don Quichotte; un original qui soutenait des théories :

— Celui qui juge les misérables doit au moins les connaître. La plus élémentaire honnêteté me commande de prendre contact avec la basse humanité passible de mes décisions, et, par contre, de m'éloigner des heureux, — au profit de qui j'opère, en somme, — et qui m'induiraient à la partialité, qui exerceraient sur moi un inconscient subornage; car on est forcément enclin à juger en faveur de la société où l'on dîne.

Il venait donc converser avec Lurette dans sa chambre placée juste à l'encoignure, de façon que la fenêtre, munie de stores transparents, permettait d'embrasser l'enfilade interminable du boulevard.

Ce jour-là, comme le bel ensoleillement du dehors avait mis Lurette et son client dans une contemplation pensive, ce spectacle s'offrit tout à coup : du fond de l'horizon un homme accourait, fuyant, — un homme quelconque, dépenaillé, laid, maigre. Une foule galopait à sa poursuite : des messieurs et des ouvriers, des femmes en chapeau et des ménagères, des gamins et des soldats. Tous criaient, gesticulaient avec menace.

On avait la sensation de « l'univers soulevé contre un homme », la sensation de la protection humaine supprimée.

Peu à peu, l'on distingua la pâleur livide du misérable traqué, et des péripéties émouvantes; il gagnait de vitesse, il évitait la canne d'un passant, le balai d'un cantonnier lancé dans ses jambes.

Instantanément Lurette se tendit vers le drame, frémissante, extatique; des effluves jaillissaient de ses lèvres en tic répété.

Le juge allongeant le nez pour voir aussi, approchait, approchait encore son visage de celui de Lurette, par une fascination inexorable.

La mâchoire de Lurette remuait avec impatience, faisait un léger bruit de plus en plus rapide.

Enfin le fuyard passa devant la maison et sa chance augmenta ; il quitta la ligne droite, obliqua vers le refuge des rues latérales.

Aussitôt le magistrat qui haletait exhala des paroles.

— Ah !... bien !... bien !... courage ! vieux frère.

Lurette tressaillit; presque simultanément elle avança et recula la tête, en deux élans brusques; et elle resta le buste en arrière, les yeux hagards, la bouche ouverte; elle regardait, dépaysée, stupide.

Elle s'affaissa sur une chaise et, promenant la main sur son front, elle parla comme une personne qui se remémore des choses lointaines, en adressant une sorte de sourire craintif au magistrat :

— Ah ! c'est curieux... Croiriez-vous : cet homme qui se sauvait, j'étais son chien... je courais près de lui... Vous comprenez ? J'étais son chien fidèle, le chien que l'on tue avant de toucher au maître... J'allais... les dents toutes prêtes... Et vous auriez dit un seul mot d'attaque, je vous sautais au visage...

L'Instituteur

« Dieu bénit les nombreuses familles. — Le gouvernement encourage la repopulation. — Il faut donner des soldats à la France. — Les époux qui ont beaucoup d'enfants enrichissent la patrie. »

Ces vérités incontestables, Pierre les apprit de bonne heure, à l'école, dans les livres ; il entendit répéter ces sages paroles par son maître, en maintes occasions, par toutes les autorités, aux diverses époques de sa jeunesse. Ces vérités sont, en effet, au nombre des choses élémentaires et fondamentales que tout le monde sait, qui crèvent les yeux, mais dont on ne saurait trop pénétrer l'esprit des masses et qu'il est bon de rappeler fréquemment dans les discours. Ainsi les cerveaux se façonnent à la justice et au bien, par habitude, par la répétition des formules belles et justes.

Pierre devint un homme bon, aux mœurs simples. — Il eut les cheveux longs des apôtres, la face pâle des croyants, le regard clair des gens irréprochables. Il crut aux sentences humaines, aux paroles saintes, aux nobles phrases, aux idées généreuses.

A son tour il fut maître d'école. A son tour il enseigna les formules traditionnelles, les choses admises, les beaux principes. Il parla avec l'accent de la foi.

« Dieu bénit les nombreuses familles », répétait-il souvent avec une conviction profonde, avec un son de voix où perçaient l'amour de la patrie, la croyance au bien, la confiance dans les axiomes consacrés.

*
* *

Pierre se maria et Dieu lui donna dix enfants.

Comme le traitement octroyé par l'Etat ne dépassait pas huit cents francs pour l'année, le conseil de la commune, à la naissance du premier enfant, vota un supplément de cinquante francs en faveur du maître d'école. A cette occasion, le maire prononça quelques paroles de félicitation, d'encouragement même.

Et tous les ans un nouvel enfant arriva et chaque naissance fut suivie d'une augmentation de cinquante francs.

Mais, au dixième enfant, la commune demanda le changement de l'instituteur ; la charge devenait trop lourde pour le budget.

Oh ! le brave homme ne fut pas renvoyé comme un chien ; le maire se comporta royalement : il donna à Pierre une sorte de grande voiture à bras sur laquelle ce dernier put charger sa literie, sa vaisselle et ses hardes ; il ne possèdait pas d'autres meubles.

Et le maître d'école partit, attelé dans les brancards, cheveux au vent, tirant la voiture que poussaient la femme et les enfants cadets ; les trois plus grands portaient les plus petits sur les bras et suivaient à distance.

— Bon voyage, disait-on, sur les pas des portes en les regardant s'éloigner, bonne chance : Dieu bénit les nombreuses familles !

Pierre était envoyé dans une commune assez éloignée ; il n'arriva que le soir dans la localité, après un long jour de voyage. Mais la municipalité refusa d'agréer le nouveau venu sous prétexte qu'elle avait demandé un maître d'école et non pas un berger conducteur d'un troupeau d'enfants.

Hors de l'agglomération des maisons, Pierre dut camper avec sa famille. Nos gens firent la soupe en plein vent, à la manière des chemineaux ou des soldats en campagne, et ils couchèrent sous la voiture. Le lendemain, dès l'aube, ils se mirent en route vers la préfecture, afin d'obtenir une autre nomination.

*
* *

Dès lors, commença une interminable odyssée. Toutes les municipalités, sous les prétextes les plus divers, refusaient de prendre livraison du maître d'école, à cause de la marmaille affamée qui le suivait. Le bruit s'était répandu dans le département qu'une calamité menaçait, et dame, on se tenait sur ses gardes ; les maires se postaient sur le seuil des bâtiments scolaires pour en défendre l'accès ou bien les gardes champêtres veillaient pour protéger le territoire communal contre l'invasion.

Vingt fois, trente fois, l'instituteur, sa femme et ses enfants, escorte lamentable de la charrette où ballottait le mobilier pourri par la pluie, brisé par les cahots, firent le trajet de la préfecture à une commune désignée ; vingt fois, trente fois, ils retournèrent du lieu d'arrivée au point de départ. On les vit successivement à Plessis, à Thorigny, à Montiel, à Gange, à Lahure ; ils débarquèrent à Tombe pour s'en retourner à Douille ; à Bireille on les reçut à coups de de pierres ; de Chantefleur ils filèrent à Chazau, puis à Lourtil, ensuite à Gozelard, à Ruinou. à Terrivet ; de Montrésor ils allèrent à Jambinet, de Guziver à Trépadour. Par toutes les routes, par tous les chemins, les sentiers, par les plaines, les vallons, les raidillons, les côtés, on rencontra la charrette et son cortège harassé ; par tous les villages, les bourgs, les hameaux, on les vit passer. On vit l'homme aux longs cheveux se raidir dans les brancards, allonger son grand cou, à toutes les montées du territoire départemental, pendant que la femme aux hanches larges et tous les enfants, jusqu'au petit d'un an, criaient : « Oh hisse ! » en joignant leurs efforts. Dans toutes les descentes on vit l'homme à la face pâle renfoncer son cou roussi, cambrer ses jarrets, devant la carriole retenue par la marmaille, aux cris de « holà ! ho ! doucement ! ».

Ceux qui avaient aperçu le lugubre troupeau se diriger vers le nord, le retrouvaient peu après en marche vers le sud. Les facteurs, les cantonniers, les gendarmes, tous les batteurs de routes, reconnaissaient de loin le convoi errant, masse grisâtre au mouvement pénible. Et la famille nomade traînait la poussière, essuyait les orages, sous les regards placides des bestiaux reposés et des vagabonds sans souci.

*
* *

Plusieurs fois, dans la traversée des villages, Pierre dressa la tête en entendant des écoliers répéter la leçon de morale dont ils chantaient les syllabes : «Ai-mons-nous les uns les autres.... Dieu bé-nit les nom-breu-ses fa-mil-les. »

Les matins, à l'entrée de la ville, siège de la préfecture, les habitants des premières maisons se penchaient sur l'appui des croisées et s'amusaient à voir revenir cahin-caha la charrette infatigable.

— Le voilà ! C'est le maître d'école ! disait-on avec une emphase comique, en ouvrant une bouche démesurée. Et le soir, sous la lampe, chez les gens respectables, on ne savait comment parler décemment de cet instituteur dont la fécondité avait dépassé les limites convenables.

*
* *

Dieu bénit les nombreuses familles : l'homme, la femme et les dix enfants tenaient bon sur leurs pattes, mais ils prenaient l'aspect d'affreux bohémiens, leurs vêtements se déguenillaient, leurs chevelures s'embroussaillaient. Il fallait en finir. L'hiver approchait; la famille Pierre détériorait, enlaidissait les routes, effrayait les voyageurs. Force devait rester à l'autorité préfectorale.

Un dernier poste fut assigné à l'instituteur et celui-ci partit, pour en prendre possession, avec une escorte de gendarmerie chargée d'assurer *manu militari* son installation dans les bâtiments scolaires.

A l'arrivée du maître d'école, une foule hostile était massée devant l'immeuble orné de la grande devise : *Liberté, Egalité, Fraternité*. Et ce fut après une énergique protestation de la municipalité que commença l'emménagement des meubles contenus dans la pauvre charrette.

Sous les éclats de rire et les quolibets, Pierre et sa femme déchargèrent des matelas crevés, pourris, qui vomissaient leur varech trop mâché.

La foule cessait de rire pour gronder :

— Faut-il qu'un homme soit coquin pour coller dix enfants à une femme !

— N'aurait-il pas mieux fait de s'acheter des meubles ?

— C'est lui qui va enseigner la morale à nos enfants ? un individu qui n'a pas pour deux sous de retenue, c'est du propre !

— Ils étoufferont dans le local,

— Il y aura là une promiscuité honteuse.

— Et la salubrité ! Ils vont nous amener le choléra.

— De quoi vivront-ils ? c'est la ruine du pays.

— Tous ces gosses vont se livrer à la maraude.

— Qu'ils y viennent...

Et tous les gosses se tenaient serrés les uns contre les autres, Louise portant Lucas, Germaine portant Adèle, Auguste portant Philippe, Albert hérissé, Albertine mâchurée, Jeanne et Louisette pieds nus, les dix enfants du maître d'école, fatigués, affamés, haillonneux se cachaient tête baissée derrière les gendarmes, pendant que la population indignée leur montrait le poing et maudissait à grands cris la nombreuse famille.

La Bonne Dame

L'après-midi était délicieuse; non seulement il faisait beau, mais il faisait heureux. Aussi les maisons avaient-elles vidé leur contenu sur le pavé; un flot de piétons allègres sillonnaient les rues; sur les boulevards et dans les squares, les bancs au soleil faisaient réchauffer des platées de pauvres, grands, petits, mâles, femelles, depuis les vieilles abonnées de bureaux de bienfaisance descendues de leur sixième étage, jusqu'aux hères sans domicile, germés du dessous des ponts, des trous de murs, des chantiers de démolitions.

Surtout, c'était un de ces temps expansifs où l'on éprouve le besoin de faire du bien : c'était censément une journée détachée de ces romans honnêtes où de nobles personnages visitent charitablement les tristes mansardes.

Bien mieux! les déshérités eux-mêmes se sentaient en bonne disposition à l'égard des privilégiés; ils aspiraient de ceux-ci la joie de vivre, comme le fumet d'une cuisine; affamés, dénués, ils pensaient avoir moins besoin, à l'aspect des vêtements cossus et des digestions ambulantes. Ils souriaient; pour un peu, ils auraient remercié, ils auraient fouillé dans leur poche pour faire offrande...

La nature entière n'était qu'un vaste don; les arbres donnaient les premières feuilles du joli mois de mai, demandées pendant tout l'hiver par les gens poétiques; les oiseaux lançaient des roulades neuves, les fleurs répandaient mille parfums, les baisers se donnaient tout seuls et l'on était pris d'une indulgence complice pour les distributrices de sourires.

L'indulgence emplissait l'air ; l'atmosphère en était lourde : plus d'un apprenti, au lieu d'avoir du pied au derrière, n'écopait qu'une méchante calotte sur le coin de la margoulette... En un mot, c'était un de ces rares moments où l'infinie bonté triomphe des imperfections humaines et où chacun aime son prochain : Harpagon aurait fait l'aumône et Shylock aurait prêté sans intérêt.

***

Voilà pourquoi Lazare, ouvrier ciseleur sans travail, qui la veille encore désespérait de sortir de la mistoufle, se trouvait dans la rue tout ragaillardi, confiant, presque joyeux.

C'était un brun barbu, assez grand, mince, le front large, les yeux brillants, les joues creuses, blêmes; son visage dégageait une énergie raisonneuse.

Libéré du service militaire depuis deux mois, avec la fièvre, la dysenterie et la médaille coloniale, il frappait à toutes les portes sans succès, à cause de sa mine déconcertante : il avait la frusque trop indigente et la physionomie trop affûtée.

Il avait beau, cet artiste, chanter sur tous les tons l'ordinaire chanson des gueux : « Sans ouvrage — j'accepterais provisoirement n'importe quelle occupation, je travaillerai à toute condition, à l'heure, à la tâche» ; on lui servait vivement les diverses réponses coupées d'avance à l'intention des mendiants suspects.

Il avait trouvé, par chance, à coller des affiches, pendant quelques journées: les gens le regardaient devant son mur, comme étonnés de ne pas lui voir peindre des fresques audacieuses. Il avait distribué des prospectus; les badauds le considéraient comme ils auraient fait d'un écrivain éparpillant les feuilles de son livre.

Donc il était las de baguenauder inutilement, quand, soudain, l'optimisme printanier l'avait pénétré. Il flairait l'espace, il s'orientait avec sérénité. Le défilé des passants tout ronds de bien-être lui faisait plaisir; il sentait que, cette fois, on l'accueillerait dans sa partie : soit chez un orfèvre, soit chez un fabricant de bronze. Il se présenterait dignement et simplement, non en pitoyable solliciteur, mais tel un artisan fort de sa valeur qui vient offrir au capital l'association de son travail et de son intelligence.

Et fichtre! il n'était que temps, car il avait des dettes, de sacrées dettes! Dans sa maison, les uns et les autres l'aidaient à vivre, — entre les affiches et les prospectus, — et vraiment il ne voulait pas demeurer en reste avec ses braves voisins, guère plus riches que lui-même. Jusqu'à une gamine de six ans qui lui avait cédé son goûter! Sa mère avait crié :

— Si tu désobéis encore, tu seras au pain sec; j'enverrai ta tablette de chocolat à M. Lazare.

La gamine s'était mise à glisser sur la rampe de l'escalier, exprès pour être privée de chocolat et elle avait apporté sa tablette, — avec une frimousse ingrate d'émeutière et un sourire de frangine.

Lazare pensait à elle tout en marchant :

« Attends un peu, que je sois aux sous à mon tour... »

Et pour le coup, une inspiration : il choisissait pour s'y présenter une des plus riches orfèvreries de Paris, une maison tellement réputée qu'il n'avait pas encore osé y faire de demande. Aujourd'hui, il ne doutait de rien.

Pourtant, arrivé devant l'établissement, il s'arrêta un peu pour préparer ses phrases. Au rez-de-chaussée, des merveilles incalculables s'étalaient derrière les glaces, tandis que des vasistas grillés permettaient d'apercevoir le sous-sol aménagé en atelier immense.

Il regardait et méditait, lorsque soudain le hasard organisa les choses.

Une dame aux cheveux blancs, mais jeunette de coquetterie et de fraîche santé, sortit du magasin. Lazare la vit quitter le trottoir, se retourner pour appeler son chien, puis faire un faux pas et rouler devant un attelage rapide. Sans hésiter, il se lança en tampon, au poitrail du cheval et d'un coup de poignet nerveux il put arracher la dame à un écrasement certain.

Elle n'avait pas une égratignure, mais de saisissement, s'était évanouie; Lazare ayant seulement le genou fendu, la porta dans le magasin d'orfèvrerie déjà grand ouvert et tout en révolution.

Un beau vieillard accourut, gémissant avec un bruit de calicot qu'on déchire.

— Elzire, ma chère âme...

Tout le monde s'empressa, les demoiselles de bureau, les commis, — et bientôt la victime de la peur reprit ses sens et s'écria : « Où est Boboche? »

Boboche était le petit chien qui avait causé l'accident en obligeant sa maîtresse à se retourner. On l'apporta avec précaution sur les genoux de la dame, et celle-ci lui reprocha son ingratitude, car elle sortait justement pour lui offrir un paletot neuf à l'occasion de son anniversaire de naissance.

***

Cependant personne ne songeait à Lazare resté planté près de la porte et qui, ma foi, sur le moment, avait partagé la compassion générale à l'égard de la dame. Puis, comme du sang coulait sur le parquet ciré, il avait sorti son mouchoir et bandé son genou par-dessus le pantalon.

Enfin le vieillard pivota et tendit les bras, en versant des paroles affables :

— Ah! Monsieur, quelle reconnaissance!...

Devant cette effusion, le sauveteur recula d'un pas, confus de tant de bonté et il répondit avec rondeur :

— Monsieur, je suis heureux d'avoir eu la force de faire une action si naturelle, car je suis un peu souffrant et presque sans ressources depuis une récente libération du service militaire. Je venais justement proposer mes services; je suis du métier (en disant ces mots, Lazare montrait de la main les somptueuses vitrines étincelantes de métaux précieux). J'ai des livrets d'apprentissage et de travail... Si l'on voulait me prendre à l'essai, ce serait le seul remerciement...

Le notable industriel sourit doucement, esquissa une sorte de salut et alla parler bas à son épouse.

Celle-ci, tout entière à Boboche, n'avait pas encore vu son sauveteur; levant son visage aux traits nobles encadrés de cheveux blancs, aux grands yeux maternels infiniment penseurs, elle examina Lazare de bas en haut et montra une contraction pénible. Elle abaissa les paupières avec recueillement et baisa le chien sur le nez, pendant que parlait son mari.

Soudain, elle l'interrompit d'une moue et d'un haussement d'épaules et elle dit à demi-voix, sur un ton bon enfant, mais modérateur et d'une gentille équité :

— Donne quat'sous.

L'Enquêteur

Devenu veuf après vingt années d'un mariage où, disait-on, les satisfactions avaient manqué de part et d'autre, le bon M. de Restenboul abandonna la province et s'installa à Paris.

Là, riche, désœuvré, austère, il ne pouvait mieux inventer que d'entrer dans la philanthropie. Il fut accueilli avec empressement par un comité adonné spécialement à la protection de l'enfance.

M. de Restenboul, — qui appartenait à l'aristocratie la plus fermée, qui avait reçu une éducation épluchée, bien pensante, qui, en définitive, pour avoir très peu voyagé, très peu vécu, ne détenait aucune expérience de la société en général, — réclama une charge d'enquêteur, afin d'employer au mieux ses excellentes facultés.

Il devait, en effet, perpétrer ses enquêtes d'une conscience droite et scrupuleuse, mais il ne se rendait pas compte que l'honnêteté ne remplace pas la perspicacité, ni surtout la connaissance des mondes mélangés qui constituent la population parisienne.

Agé de cinquante ans, maigre, de noir vêtu, doté d'un long nez et d'une calvitie à houppes latérales, en public, il montrait la face écarquillée d'un grand enfant qui s'applique pour décrocher une note scolaire flatteuse.

***

Au reçu de son premier ordre de service, il éprouva une troublante émotion, faite d'orgueil et d'hésitation : il allait faire sa première enquête!

L'attention du comité était appelée, par une lettre insuffisamment explicite, sur des personnes qui mettaient en circulation une sorte de carte de visite : « Leçons d'italien. Conversation particulière. Numéro 302, avenue Parmentier. » Il s'agissait de rechercher si, à l'adresse indiquée, nulle enfance ne se trouvait en péril.

M. de Restenboul engagea l'action dès le matin. Il s'approcha de la maison avec précaution, mais rien d'insolite n'était à surprendre; au contraire, elle était ancienne, à grande porte cochère, composée de plusieurs corps de bâtiments et d'aspect plutôt recommandable.

Il résolut alors de s'aboucher avec la concierge, sans toutefois dévoiler ses intentions. Celle-ci, après un coup d'œil malin, entêtée comme une sourde, tenait absolument à envoyer M. de Restenboul chez « ces personnes » : au deuxième, au fond de la cour, la porte en face.

Oh! mais, il ne voulait pas s'introduire si vite, il entendait procéder méthodiquement. Il désirait connaître en quelque sorte ces personnes avant de les voir : qui recevaient-elles? que faisaient-elles!

La concierge se défendit de pouvoir fournir des renseignements bien précis sur ses locataires, vu l'importance de l'immeuble, où les allées et venues passaient inaperçues — ce qui constituait, d'ailleurs, un avantage pour tout le monde, insinuait-elle bizarrement.

« Sans doute!... ces personnes donnaient des leçons d'italien... il y avait la mère, âgée d'une trentaine d'années, une jeune fille de treize à quatorze ans, et un petit enfant que l'on portait sur les bras. Pas de chef de famille.

« Et certainement qu'il venait des élèves : des messieurs, rien que des messieurs, plutôt âgés que jeunes. »

M. de Restenboul enregistra cette particularité favorable : du reste, des messieurs jeunes auraient été compromettants. Et qui se chargeait des leçons?

— La mère et la jeune fille ; l'une ou l'autre était à la disposition, pour les conversations d'italien ; celle qui restait libre tenait le petit.

***

Muni de ces premières indications, M. de Restenboul se présenta, le lendemain matin, vers onze heures, afin de ne pas déranger les leçons, qui se donnaient de préférence l'après-midi.

En effet, dans un salon pauvret, de genre oriental archibanal, et remarquablement peu éclairé à cause d'épais rideaux faisant bandeaux sur la fenêtre, on trouvait la mère, la jeune fille et le petit.

La mère offrait un visage rose vif, avec des yeux noirs en amandes, des dents blanches et ses oreilles mignonnes s'ornaient de grandes pendeloques dorées. La fillette, minois joli, futé, un peu anémique, était, comme sa mère, casquée d'une opulente chevelure brune. Toutes deux étaient mêmement costumées d'une sorte de peignoir rouge à manches courtes, laissant dégagée la ligne du cou, très pure et nuancée d'ambre.

Quoique peu ferré sur l'Italie, M. de Restenboul voulut reconnaître là le cachet national.

Le poupon, très moricaud, en brassière et jupon, agitait ses pieds nus.

M. de Restenboul, fort timide au fond, s'empressa de résumer ainsi sa mission : venir en aide aux familles intéressantes. Il représentait un comité qui distribuait des secours temporaires assez facilement, et des secours perpétuels — après une enquête approfondie.

M. de Restenboul s'excusa, l'air capable ; en ce qui le concernait personnellement, il concluait à l'allocation d'un secours perpétuel, l'inspection d'un instant l'avait édifié, tellement son expérience était infaillible. Malheureusement, il devait appuyer sa proposition d'un long rapport et il demandait la permission de fréquenter un peu la maison.

Assises en face de lui, la mère et la fille l'examinaient, stupéfiées et inquiètes ; pourtant, elles acceptaient qu'il revînt, le matin exclusivement.

***

Deux jours plus tard, sa visite ayant été précédée de l'envoi d'un secours temporaire, il fut accueilli avec un étonnement bienveillant, encore un peu méfiant.

Il nota que la mère et la jeune fille parlaient français parfaitement ; la mère avait un léger accent exotique ; la petite avait un accent de Ménilmontant assez prononcé et, au lieu d'une figure de madone, une frimousse drôle de gamine des rues. Cette adaptation était toute à leur honneur ; ces Italiennes aimaient la France.

Au bout d'un moment, la mère s'en alla dans une pièce voisine, emportant le poupon sur ses bras. Aussitôt, la jeune fille adressa une grimace mécontente à M. de Restenboul :

— Voilà ! C'est toujours comme ça... c'est toujours maman qui emporte le petit... à moins qu'on ne la demande expressément... C'est moi qui reste là, c'est moi qui fais tout...

Il fallut un écarquillement assez long, mais enfin, M. de Restenboul comprit (ou du moins crut comprendre) : la mère était une femme indolente, qui préférait tenir l'enfant et laisser donner les leçons de conversation par sa fille — à moins qu'on ne la réclamât expressément.

Ah ! ah ! M. de Restenboul voyait clair : encore une famille où régnait la regrettable « préférence », où un enfant était sacrifié à l'autre. La mère dorlotait le poupon ; et la jeune fille se dépitait d'autant plus qu'elle avait la fatigue et l'autre les caresses.

Cependant, la jeune fille passait à l'espièglerie amusante et contorsionnée d'une écolière qui se décide à commencer son pensum :

— Oui, — expliquait-elle en s'approchant drôlement jusqu'à frôler le visiteur, — le poupon était un profiteur exigeant... sans lui, on aurait peut-être pu faire autre chose que ces leçons... mais pas moyen d'avoir une autre occupation... et il fallait, pour lui, que les élèves fussent généreux...

M. de Restenboul était très perplexe ; certes, la maman ne se montrait pas bien courageuse, mais il ne pouvait blâmer que l'entretien de l'enfant fût la chose principale... Dans tous les cas, cette situation réclamait une étude lente et sévère. Il entendait y mettre une savante discrétion; il se considérait comme un grand artiste en enquête et protestait hautement contre la manière injurieuse et désagréable des policiers, qui demandent carrément ce qu'ils veulent savoir; il fallait dégager, pressentir...

Il fit à la jeune fille un long discours, ainsi résumable : « Je note que c'est vous qui donnez la plus grande partie des leçons et je suis d'avis en effet que les élèves ont le devoir d'être généreux, en considération de l'enfant ».

Puis, au grand étonnement de son auditrice aux mines alléchantes, il s'en tint là ; il prit congé en annonçant qu'il aurait à revenir un assez grand nombre de fois.

Circonstance vraiment extraordinaire, il n'était pas fâché que l'affaire demandât de nombreuses démarches; il éprouvait une attirance inexplicable.

Sûr de ne pas déranger, il instrumentait tous les matins, de plus en plus aisément, et il s'attardait avec satisfaction dans le salon mi-obscur où flottait une odeur, sans doute italienne : un mélange d'héliotrope et de tabac de la Havane.

Les secours temporaires faisaient partie, fort habilement, de ses procédés d'enquête. La mère et la jeune fille, de plus en plus accueillantes, le regardaient arriver et partir avec un sourire gai, étonné, inimitable.

Il se l'avouait : c'était de la sympathie. La philanthropie procurait de douces récompenses.

Chaque fois, maintenant, on lui posait le poupon sur les genoux, en lui disant drôlement :

— A qui le rendez-vous ?

Et il rendait toujours le poupon à la maman, ne fût-ce que pour savourer le dépit si malicieusement joué de la jeune fillette obligée de rester seule avec lui.

Il poursuivait un interminable questionnaire :

— Où sont donc les cahiers, les livres pour les leçons d'italien ? demanda-t-il une fois.

La fillette ahurie lui rappela qu'il s'agissait de « conversation ». Il rougit de son inadvertance, un peu gêné, porté pour s'excuser à une amabilité qu'il ne savait préciser.

Une autre fois, il poussa encore l'interrogatoire :

— Bon, sa maman conversait le plus rarement possible, mais enfin les élèves faisaient des progrès... et, malgré tout, elle n'était qu'une enfant, ne pouvant pas posséder le fond de la linguistique... il devait parfois s'élever telles difficultés, tels problèmes de syntaxe qui n'entraient pas dans sa compétence...

La jeune fille cligna d'un air entendu et n'eut aucune hésitation :

— En pareil cas, je dis : « Si c'est ça, je vais vous envoyer maman. »

M. de Restenboul fut charmé; en marchant dans la rue, il s'exerçait au clignement et il se répétait la phrase, tellement elle avait été dite avec une impayable gaminerie :

— Si c'est ça... je vais vous envoyer maman.

*
* *

Ce jour-là, en reprenant l'enfant qu'il tenait sur les genoux, la fillette lui avait si bien et si malignement frôlé la bouche de son poignet nu, fin et joli, que, — galamment ou paternellement, il ne savait lui-même, — M. de Restenboul avait dû y mettre un baiser.

Un goût de framboise lui humectait la bouche ; et la maman disparue, il souriait, béat, prononçant de vagues phrases émues.

— Évidemment, cet enfant était une charge, mais aussi un agrément, car, enfin, il devait rendre les élèves plus consciencieux au point de vue du prix des leçons.

Puis il s'engagea dans une réflexion heureuse qui lui plut beaucoup par son côté sérieux et moral :

— Pour des femmes seules, cet enfant si exigeant, était tout à fait utile : c'était une protection, un porte-respect...

M. de Restenboul secouait la tête vers la chambre d'où venait la mélodie caressante d'une berceuse; il soupirait avec bienveillance. Et, tout à coup, les yeux curieux de la jeune fille rencontrés le troublèrent à tel point qu'il perdit le fil de son discours. Il se mit à considérer un encrier sur la table, cherchant quoi dire pour dissimuler son embarras :

— Vous écrivez bien ? Tracez-moi donc quelques mots... demanda-t-il.

La petite le toisa de haut, ouvrit un bec drôlatique, se pencha sur la table, écrivit et lui tendit, sans rire, cette suscription :

Dos, dos,
L'enfant-dos...

M. de Restenboul bâilla, stupide... Mais, ayant levé la tête, il s'épanouit largement devant l'air provocant de la jeune fille : ah! ah! elle avait fait la faute exprès! Et elle se tenait, les yeux baissés, obliques, attendant, friponne.... Ah! ah! elle avait fait l'ignorante pour le taquiner...

C'était si gentil, si drôle!... Il sentait que cela appelait un mouvement de sa part... allons... allons... Quoi? Parbleu! une générosité... et il fallait être spirituel aussi...

Alors, il tira un louis de sa poche et le lui offrit, spécialement à elle, — pour un dictionnaire.

***

L'enquête se termina toute seule.

Un matin, M. de Restenboul trouva le logement vide. Ses protégées avaient disparu, elles étaient déménagées sans laisser de trace.

Jamais plus il ne les revit. Il pensa qu'une affaire de famille les avait obligées à retourner subitement en Italie. Il les regretta comme des amies de son monde et il garda une grande fierté de sa première enquête aux notations si pures.

La Fable

Bientôt, les fonctions d'enquêteur au comité de protection de l'Enfance, ne suffirent plus à rassasier la dévorante bonté de M. de Restenboul.

Sur nos conseils, il entreprit de sauver des jeunes personnes, à moitié déchues, victimes d'un mauvais sort.

Quand une pauvre pécheresse montrait du repentir, il l'isolait dans un petit logis, où il venait chaque jour l'observer, la catéchiser, puis, cette espèce de cure morale terminée, il lui offrait un modeste fonds de papeterie.

Et, comme lancement de l'entreprise, chaque jour, il prenait l'omnibus pour aller acheter son journal chez la nouvelle commerçante, il nous suppliait de pousser notre promenade jusque-là.

Un matin, il décida le comte de Valséjour, qui habite l'un des plus beaux hôtels de l'avenue du Bois-de-Boulogne, à devenir le client d'une de ses protégées :

— Vous seriez bien aimable.... Vous verrez une boutique rouge, rue du Chemin-Vert, à deux pas du Père-Lachaise.... La vente de deux journaux encourage tout de suite.

— Certainement, cher ami... Baptiste, faites atteler.

Le comble, c'est qu'il réalisait, en effet, des sauvetages, — grâce à son incommensurable simplicité, — mieux qu'un malin sceptique n'aurait pu le faire.

Il croyait tous les boniments avec une telle force, que plus d'une comédienne se prit à son propre jeu et se trouva remise dans le droit chemin, sans l'avoir sérieusement désiré. La perspicacité aurait nui au résultat : il faut faire crédit d'un peu de mensonge aux néophytes.

***

Notre philanthrope eut le bonheur de marier une jeune maman. Deux de nous, les blasés, les joyeux Parisiens, s'étaient postés dans un coin de la mairie, pour rire un brin du cérémonial.

Les futurs entrèrent piètrement endimanchés, deux vieux suivaient, assez drôlatiques, — cela promettait ; mais quand nous vîmes M. de Restenboul, droit, maigre, avec sa longue redingote, son long nez, sa calvitie à houppes latérales, sa face écarquillée de bienveillance, quand nous vîmes le solennel M. de Restenboul s'avancer, portant un petit être dont la vaste robe blanche s'éployait jusque sur son épaule, comme le filet s'étale sur le bras d'un pêcheur à l'épervier, — nous eûmes beau essayer, les plaisanteries ne purent sortir.

Et voici l'histoire d'une certaine Rosine qui, ayant mystifié M. de Restenboul, fut tellement saisie de son plein succès, qu'elle en devint pour toujours une fort convenable personne.

*
* *

Un soir, au cercle, M. de Restenboul arriva rouge, pâle, en proie à la plus vive agitation. Il s'affaissa sur un fauteuil.

— J'ai failli me fâcher contre Rosine, bien injustement, car elle a agi de bonne foi, il n'y a aucune faute de sa part.

Rosine, la protégée du moment, était une maligne blondinette, frisée, aux yeux doux, l'air d'un petit mouton indolent.

Nous nous empressâmes :

— Expliquez-nous ce drame, au plus tôt....

Mais il fallut attendre, M. de Restenboul était trop ému; enfin, il prit la parole après avoir bu les trois quarts d'une bouteille d'eau de Vichy.

— Vous savez que Rosine manquait totalement d'instruction et son irrévérence à l'égard des grands écrivains me faisait particulièrement souffrir. La chère jacasse prenait volontiers Bossuet pour un général et Corneille pour une actrice.

« Je résolus donc d'améliorer sa culture, tout au moins au point de vue des belles lettres et, à cet effet, je lui offris une anthologie contenant des morceaux choisis de nos meilleurs auteurs en vers et en prose.

« L'invention me semble merveilleuse; l'étude d'un tel recueil non seulement corrige les erreurs de langage, mais assure une bonne orientation à la morale flottante et aussi procure une occupation agréable, — alors qu'il est si difficile, chez une jeune repentie, de remédier à la déprimante oisiveté.

« De fait, Rosine était gardée par l'anthologie comme par la plus docte duègne, car chaque jour, je la trouvais assidue, le livre en mains; elle ne demandait plus si Molière était un fabricant de souliers et ses manières, ses raisonnements, empruntaient une heureuse sagesse à la vertu même de nos classiques.

« La transformation nécessaire étant accomplie, cet après-midi, je venais prier Rosine de choisir un fonds de papeterie.

« J'entre tout de go, avec ma double clé; je trouve, au lieu de Rosine, une demoiselle inconnue, affublée d'une mentonnière, qui dormait assise près de la fenêtre.

« Elle s'enfuit, sans un mot d'explication, et, peu après, arrive ma Rosine, rouge, embarrassée, coupable, à première vue, puisque, d'après nos conventions, aucune sortie n'a lieu sans moi, pendant la convalescence morale.

« Ah! chers amis, ma sévère pénétration a eu vite raison de sa naïveté. Elle m'a tout avoué.

« Au-dessus de sa chambre, loge une personne nommée Julie, entretenue par un Américain fort ombrageux.

« Cette Julie, animée de bons sentiments — à part sa situation irrégulière — et sachant bien le prix de la vertu, venait de temps en temps partager avec Rosine la lecture de l'anthologie.

« Ce matin, elle descend, affigée d'une fluxion qui la défigure complètement.

« — Ma chère Rosine, quelle affreuse situation! gémit-elle. Je ne puis montrer une telle difformité à M. Rogers, car les tares physiques l'éloignent sans retour, à cause d'une certaine superstition et d'une extrême délicatesse aristocratique. Naguère, pour un bobo analogue au mien, il a quitté une amie très attachée. D'autre part, c'est son jour, si je garde ma porte fermée, il m'abandonnera non moins inévitablement, par soupçon et par mécontentement. Il a un pas sonore et il tient à ce que j'accoure sur le palier, avant son coup de sonnette; et il est flatté aussi de mon va-et-vient empressé pour prendre et poser son chapeau, puis sa canne, puis ses gants, son pardessus.... Il faudrait donc aujourd'hui, et pendant la durée de ma fluxion, qu'une amie voulût bien le recevoir, lui expliquer mon absence fortuite et surtout montrer cette aimable précipitation qui le charme tant: il faudrait exécuter autour de lui cette répétition de pas exagérés qui devrait agacer et qui, au contraire, satisfait sa vanité.

« Malgré l'air suppliant de sa voisine, Rosine répondit sagement :

« — Sans être chiche de mes pas, je ne puis aller chez vous, attendre votre Américain, car M. de Restenboul doit venir, et ses visites n'ont pas d'heure déterminée.

(*La voix du narrateur s'altéra.*)

« Ici, Messieurs, Rosine a mêlé les larmes à sa confession et moi-même j'ai trempé un mouchoir.

« Par gentillesse, — ne sachant comment me témoigner sa gratitude, — depuis qu'elle avait discerné que mon grand bonheur était de la surprendre dans l'étude de l'anthologie, elle s'astreignait à me guetter par la fenêtre, derrière les rideaux et, dès mon apparition au loin, elle s'absorbait dans une pose studieuse... elle faisait même semblant de ne pas tout de suite m'entendre entrer... Est-ce gentil, hein, Messieurs?

« Elle objecta tout cela péremptoirement à Julie :

« — Il est indispensable, non seulement que j'attende ici M. de Restenboul, mais que je le voie venir de loin.... sous peine d'ingratitude.

« Et les deux amies se désolaient devant le recueil littéraire ouvert sur la table, lorsque tout à coup des lignes sautèrent aux yeux de Rosine.

« Je vous le dis, il n'y a rien de sa faute.

« Elle plaqua sa main avec bruit sur le livre et elle dit :

« — Julie, vous pouvez soigner votre fluxion tranquillement, je sauverai la situation. Le moyen est simple et nous aurions dû y penser de nous-mêmes. Que me faut-il? Voir arriver M. de Restenboul.... Eh bien! restez ici à ma place, derrière la fenêtre, prête à m'appeler. Vous le connaissez bien. Toute l'importance est là : le voir à temps pour que je ne le prive pas du plaisir de me surprendre en posture d'écolière. Et que faut-il pour vous? Un piétinement affecté auprès de M. Rogers. Je n'ai qu'à monter chez vous. Dieu merci, je suis ingambe, et pour ce qui est de voyager avec le chapeau, la canne, les gants, le pardessus....

« Il paraît que Julie eut des scrupules :

« — Ah! vraiment, vous êtes trop obligeante et les rôles sont bien inégaux : j'ai quelques coups d'œil à donner, en compensation de vous qui aurez....

« — Quelques pas à faire, interrompit Rosine. Et sachez qu'entre amies, on ne mesure pas les services. D'ailleurs, M. de Restenboul m'a recommandé de régler ma conduite sur la morale classique, eh bien! soyez juge....

« Elles se penchèrent sur l'anthologie, afin de lire plus scrupuleusement.

« Rosine m'a répété la scène au complet et, du reste, je me représente sans peine les deux ingénues.

« Il s'agissait d'une fable ; elles se regardèrent émerveillées, avec des yeux agrandis de petites filles dociles : « Ah! ces grands écrivains, comme ils ont tout prévu, et comme c'est utile la littérature! » murmurèrent-elles.

« Et il s'agissait de l'excellent fabuliste Florian. Elles étaient là, conquises, attendries, mordillant leurs bouts d'ongles roses de leur joli bec rose : « Ah! ce M. Florian, comme il savait arranger les difficultés! N'était-il que fabuliste? Comme il aurait pu entreprendre des choses! » soupirèrent-elles.

« Et il s'agissait des trois derniers vers de sa meilleure fable, l'*Aveugle et le Paralytique* :

Ainsi sans que jamais notre amitié décide
Qui de nous deux remplit le plus utile emploi,
Je marcherai pour vous, vous y verrez pour moi.

*
* *

Le bon M. de Restenboul conclut sur un ton béat, émotionné :

— Vous le constatez!... Il n'y avait pas lieu de gronder Rosine, la pauvre innocente... elle s'était bornée, en somme, à imiter l'aveugle de la fable. Seulement, tandis qu'elle se disposait à *marcher* pour Julie, autour de M. Rogers, — Julie chargée *d'y voir* pour elle, c'est-à-dire de guetter mon arrivée, s'était endormie....

Pour l'Enfance

— C'est vrai, m'ame Préciat, l'on a récemment adopté un nouveau traitement de l'enfant coupable: *la mise en liberté surveillée*, qui a donné d'excellents résultats aux Etats-Unis. Et ce grand progrès est dû à M. Edouard Julhiet qui, après une enquête en Amérique, a fait connaître à Paris le fonctionnement des tribunaux pour enfants et leurs méthodes.

Réjouissons-nous et souhaitons la disparition des colonies pénitentiaires et des maisons de correction.

Car les enfants délinquants sont des sujets auxquels manque l'éducation de la volonté, et l'internement a pour effet de pervertir davantage ou de détruire l'énergie personnelle.

Le dommage social est considérable.

Laissez-moi vous étonner un peu, m'ame Préciat.

Si l'on classe les enfants en trois catégories: ceux qui ont la bonne volonté, — ceux qui ont la volonté mauvaise — et ceux qui n'ont pas de volonté, — il faut préférer de beaucoup les mal-voulants au non-voulants. Le mauvais s'améliore, le néant n'offre pas d'espoir.

Les enfants délinquants ont agi, ont osé, ont voulu: ils offrent une sûre promesse aux efforts de redressement.

Or, je le répète, l'internement correctionnel n'améliore pas, il détruit. Les enfants sont mal nourris, mal soignés, parce que le prix d'entretien alloué par l'Etat est trop minime; ils sont maltraités à cause du nombre à conduire, qui ne permet pas l'emploi de la douceur.

Et enfin, il y a folie de mettre ensemble des éléments défectueux — de multiplier du mauvais par du mauvais — pour obtenir un produit bon.

Auriez-vous jamais l'idée, m'ame Préciat, de mélanger des vins gâtés, pour obtenir un cru supérieur?

Le système pétitentiaire pèche par la base — il faut le changer.

Je vais, à cet égard, vous raconter un fait authentique. Restez assise, m'ame Préciat.

***

Il y a peu de temps, une rumeur angoissante s'éleva, grandit: il existait des bagnes d'enfants, il existait des endroits de torture d'autant plus affreux que nulle plainte n'y avait d'écho, que nul secours n'y arrivait jamais.

Déjà nous éprouvons de la peine si un enfant heureux, appelant maman, ne reçoit pas une réponse immédiate, — mais imaginez les cris de pardon, les sanglots d'agonie, les râles d'appel demeurant inexaucés! L'abandon du monde, la suppression de l'espoir causant une sensation plus effroyable que les cruautés mêmes.

L'horreur était soigneusement cachée, des barrières infranchissables créaient l'isolement sans secours, — il avait fallu agir de ruse pour voir et entendre.

Ceux qui avaient vu les petits corps lamentables, les faces convulsées, les pauvres yeux mourants — ceux qui avaient entendu les lamentations et les hurlements de douleur, — ceux-là, hantés, hallucinés, n'avaient plus de sommeil.

Les voix charitables se répandirent, de grands écrivains s'émurent; un souffle de pitié immense parcourut la nation, les consciences agitées communièrent d'un bout à l'autre du pays.

La maternité haletait en attente — il fallait trouver un secours au plus vite, ou alors la procréation devait s'arrêter: il n'était plus possible de donner des enfants au monde, si une issue n'était pas promise à la torture enfantine.

***

Alors on ordonna une enquête.

Vous souriez, m'ame Préciat. Les enquêtes

généralement ne trouvent rien, — elles laissent aux inculpés le temps et les moyens de cacher leurs fautes.

Cette fois, l'abomination fut constatée, car il eût été plus facile de faire disparaître le soleil, que de la dissimuler.

Les recherches offraient une tragique simplicité : est-il vrai que telles maisons de correction, que telles colonies pénitentiaires soient des lieux maudits? Est-ce vrai, la faim, les coups, la terreur?

Les constatations furent si monstrueuses que tout de suite, d'urgence, on demanda de l'argent, on réclama ce remède formidable, ce guérisseur de toutes plaies. Et l'on cria : Que faut-il faire? à quelle amélioration appliquer le secours fiancier? quoi donner aux mains tendues, aux voix suppliantes, aux joues mourantes, aux yeux affolés?

***

Une décision fut prise...

Et ne doutez pas que les enquêteurs n'aient pénétré toute l'horreur de la situation, ne doutez pas qu'ils n'aient mesuré l'étendue de la misère enfantine, — qu'il n'aient perçu au plus profond du cœur les cris désespérés, — qu'ils n'aient retenu la vision des corps suppliciés, des visages agonisants...

C'est cela, m'ame Préciat, levez-vous. Il est des choses qu'une vieille maman comme vous doit écouter debout.

Pour l'enfance meurtrie, en faveur de la sainte et pitoyable enfance, une mesure a été prise, unique et définitive.

Au budget national, — un crédit nouveau, spécial, immédiat, est affecté à l'agrandissement des cimetières attenant aux maisons de correction.

Lapurée

Le mariage d'un moderne Crésus et d'une noble héritière va être célébré en grand apparat, et comme les douze coups de midi ont sonné la sortie des ateliers, des bureaux, des magasins, une foule bavarde, massée sur deux rangs, attend devant l'église l'arrivée du cortège nuptial. Pensez donc! Il s'agit de voir, dans leur toilette, leur conformation, leur allure, dans leur réalité, en un mot, ces Crésus fameux, et leurs alliés, dont la fortune est proverbiale.

Dans la foule, beaucoup de gens rendus naïfs par l'étroitesse de leur routine, par l'exagération des lectures et des racontars, ne sont pas loin d'assimiler ces millionnaires à des héros, à des personnages fabuleux pétris d'une argile particulière et rare. Il y a là surtout une majorité féminine : apprenties, demoiselles de boutiques, ménagères, qui se représentent des êtres fantastiques vivant dans une sorte d'Olympe où leurs joies sont exemptes des besoins et des faiblesses propres à l'humaine nature.

***

Voici les carrosses! Les têtes s'agitent violemment au bout des cous allongés. Un important service d'ordre maintient les curieux de plus en plus comprimés; à mesure que l'on pousse, certaines têtes dépassent du tas : ainsi, d'un paquet sortent des objets par les coins, à mesure que l'on serre le milieu avec une corde,

Attention! Les portières s'ouvrent, la mariée met le pied sur le somptueux tapis rouge étalé du trottoir même au porche de l'église. Un pur soleil de juin précipite ses éclats vers toutes les toilettes claires qui apparaissent.

L'église, en haut des marches monumentales, touche au ciel, et la future épouse, par sa beauté faite de grâce et de majesté, donne bien l'impression d'une quasi-divinité, dans un nuage d'étoffes blanches. Une telle candeur virginale se dégage de toute sa personne, et en même temps une telle fierté, que, vraiment, l'esprit refuse de s'arrêter aux vulgarités du mariage. Est-il possible que cette Diane accepte un époux! Dans ses yeux éclatent un étonnement séraphique à l'aspect des choses de la terre et aussi une bienveillance hautaine interdisant aux mortels de trop proches comparutions.

Et pourtant il faut bien se rendre à l'évidence : elle sera épouse... Mais alors... on a hâte de contempler le bienheureux privilégié qui va oser approcher la divinité.

Comme le cortège ne s'organise qu'avec une lente solennité et comme l'ordre des petits mariages ordinaires n'est pas observé, les spectateurs ne s'y reconnaissent pas et l'on cherche! avec quelle anxiété!

Dans le clan féminin surtout l'on ne doute pas que le marié ne se distingue par une prestance surnaturelle. Vaine supposition : les habits noirs offrent tous la même élégance suprême, mais leur chic s'atténue d'être tiré à trop d'exemplaires et tous les messieurs ont l'air aussi riche, aussi important, aussi Crésus l'un que l'autre. Et l'on hésite, l'on ne sait pas au juste...

***

Une dizaine d'apprenties, de quinze à dix-sept ans, se tiennent aux premières places, serrées contre le mur de l'église. La nature, chez elles, ne s'est pas encore complètement déclarée, et elles sont grêles, plates avec des coudes pointus, des minois chiffonnés; un attifage coquet, à bon marché, les rend pareilles à d'amusantes poupées mal rembourrées.

Ce sont les plus exaltées. Elles se dressent sur la pointe des pieds, elles frémissent, elles s'ébahissent devant l'authenticité de ce monde féerique pressenti déjà dans les feuilletons populaires. Et particulièrement, à la suite de la ravissante mariée, elles se lancent de toute leur imagination au pays du Rêve, elles cherchent de toute leur avidité le fiancé-type, le prince Charmant, celui qu'elles portent obscurément dans leur cœur, celui que les vierges appellent, comme les fleurs appellent le soleil, celui dont la caresse « transforme » sans retour!

Des soupirs, des exclamations angoissées leur échappent : « Ah!... c'est Lui... Non! le blond ?... le brun ?... » Elles ne sont pas d'accord, quelle anxiété !

***

Au-dessus de leur tête, installé sur une saillie d'architecture, siège Lapurée, individu au masque de satyre, gardant l'âge indéterminé d'un faune de pierre sculpté par les anciens, un de ces individus que l'on ne peut désigner autrement que par l'épithète : un homme. « Il y a *un homme* à la porte », disent les enfants, les domestiques.

Ses cheveux trop longs qui encadrent des oreilles larges et angulaires, ses pommettes rieuses, ses yeux qui lâchent leur malice par les coins, sa bouche goulue, font qu'il n'a l'air ni d'un mendiant, ni d'un travailleur, ni d'un malfaiteur, car sa face ravagée empêche que l'on s'étonne des grimaces de ses vêtements; et ceux-ci, ternes et délabrés, empêchent que l'on s'étonne de la déformation faunesque du visage : les deux laideurs se neutralisent l'une l'autre.

Juché sur son piédestal, isolé, il donne bien l'impression d'un homme à part, différent des unités qui composent la foule. Silencieux, campé en philosophe, il s'intéresse modérément aux Crésus et à leurs alliés.

Et voilà qu'à force de conjectures, les apprenties surexcitées, palpitantes, se mettent d'accord pour désigner tout haut celui qui, selon toute probabilité, doit être le futur possesseur de la mariée.

— Le monsieur mince, blond couleur d'or ? demandent-elles, désireuses d'une confirmation,

Alors Lapurée intervient, affirmatif, net, en connaisseur qui ne se trompe pas, mais calme, sans enthousiasme, en parvenu blasé, et rien ne saurait donner une idée de l'accent à la fois négligent et définitif dont il laisse tomber ces paroles :

— Oui, c'est celui-là qui va lui ébrécher la porcelaine.

Instantanément, toutes les apprenties se tournent, les yeux levés vers Lapurée, leurs têtes balancent, elles comparent... et sa façon de parler a si bien fait ressortir sa valeur personnelle, sa valeur unique, certaine, que le fiancé-Crésus apparaît diminué, douteux, dans son habit correct. Au contraire,

Lapurée, dans ses frusques de hasard, apparaît irrésistible, sûr — comme un professionnel de marque, comme un spécialiste pour reines et princesses, comme l'Ebrécheur même, — tellement, sans même accorder un regard à ces jeunesses, il a laissé tomber sa phrase d'un ton vraiment royal et millionnaire.

Aussi sans la moindre vergogne, pendant que le cortège pénètre dans l'église, les apprenties oublient le Crésus et les jeunes messieurs, ses pareils; c'est vers Lapurée qu'elles tendent leur frimousse curieuse, émerveillée.

***

Le défilé terminé, Lapurée descend de son piédestal, il marche faisant la chaloupe ; toutes le regardent s'éloigner, les jambes et les bras en écart, tel un machiniste supérieur qui va mettre l'œuvre en chantier.

Elles regardent... quel exécuteur impérieux, immédiat, sûr! Mais les pauvrettes se sentent sans valeur, inexistantes presque. Elles devinent que telle catégorie de clientèle est absolument inacceptable pour Lapurée,

Comme elles sont contrariées à l'idée du peu de cas qu'il doit faire de l'ouvrage vulgaire! Daigne-t-on soupeser la faïence quand on heurte communément le chine et le sèvres ?

En retournant à l'atelier, elles restent tracassées à vouloir, à ne pas vouloir... si! à vouloir se rencontrer sur son chemin. Elles ont de brusques afflux de sang au visage, de subits mouvements nerveux en recul... elles étouffent de petits cris effarouchés et ravis...

Elles sont reprises par le cours ordinaire de leurs occupations, mais heureusement il est permis de songer en travaillant.

Alors il arrive ceci : chaque fois qu'elles ferment les yeux pour mieux considérer leur rêve intérieur, ce n'est pas le Crésus, c'est Lapurée-l'Ebrécheur qu'elles se représentent, en posture de magicien, accomplissant des ravissements au gré divinement capricieux de sa baguette enchantée!

La Rencontre

Maxime, un jeune homme de bonne famille, avait remarqué Irma dans l'escalier d'une maison ouvrière du quartier de Ménilmontant où il allait souvent, de la part de ses parents, porter un secours à une vieille femme impotente qui avait autrefois fait des journées de couture chez eux.

Irma était une jolie fille, à l'air souriant, qui l'émotionnait d'un désir fou, mais il n'osait pas lui parler, — et finalement il avait perdu toute occasion normale de la rencontrer jamais : la vieille femme qu'il allait visiter était morte.

Quelques mois s'écoulèrent et voilà qu'un après-midi, il se trouva face à face avec Irma sur le boulevard de Belleville; sans hésiter il osa l'aborder, ou plutôt ils s'abordèrent d'une commune impulsion, à la manière de deux anciennes connaissances.

Par contenance, Maxime offrit de prendre une consommation et faute de découvrir un véritable café, ils entrèrent dans un simple débit de vins et liqueurs.

***

... Il y avait, du côté où se trouvaient assis Maxime et Irma, six tables inoccupées, flanquées chacune de quatre tabourets; de l'autre côté : le comptoir avec fond de glace, puis une porte, deux tables et l'obscurité de la cuisine. Sur l'une des tables, une grosse femme épluchait de la salade; sur l'autre, deux hommes jouaient aux cartes, un petit chien noir, installé sur un tabouret, les regardait. Un appareil de chauffage occupait le milieu de la salle, face à la porte d'entrée. A droite de Maxime, des affiches de théâtre étaient collées au vitrage de la façade, sous des rideaux en imitation de mousseline blanche. Le patron, debout derrière le zinc, manipulait des verres et des bouteilles.

— Est-ce que vous n'habitez plus dans la maison là-bas ? demanda Maxime, après avoir fait en un instant l'inventaire ci-dessus.

— Non, dit Irma gravement, depuis que j'ai perdu ma mère et ma sœur Lucie. Ah ! il en arrive des choses, en six mois ! Vous l'avez peut-être lu sur le journal : ma sœur, Lucie Tuillier, s'est noyée au pont des Arts ?

— Non, je ne savais pas, fit Maxime saisi, — et il ajouta, sans grande logique : de quel pays êtes-vous ? (Parce qu'un de mes camarades, Tuillier-Mangin, était de Bordeaux.)

— Nous sommes nées à Paris, les trois filles, — mais nos parents étaient du Jura, de la montagne.

Il sembla que ce fût un point de départ irrésistible. Irma se tourna tout à fait vers Maxime et, le coude sur la table, le visage ouvert, simplement elle raconta toute son histoire familiale et personnelle, d'une élocution coulante presque sans nuances. Elle était de cette catégorie de personnes qui ne peuvent pas détacher un épisode de leur vie, elles se taisent ou elles donnent leur biographie complète.

Les parents d'Irma étaient grands et maigres, — avec une grosse charpente. Ils avaient quitté le pays dès leur mariage. A Paris, dans des restaurants, puis dans des maisons bourgeoises, ils avaient été ces gens de service courageux, sérieux, qui économisent et travaillent âprement.

— Du reste on n'avait qu'à voir maman : jusqu'à son nez qui était recourbé comme pour s'attacher à ce qu'elle faisait.

Une représentation immédiate se faisait dans l'esprit de Maxime. Il voyait ces montagnards trimant pour s'implanter à Paris, pour « réussir », s'accrochant au labeur, de toute leur volonté, comme dans leur pays, on s'agrippe des membres pour gravir les escarpements. Très intéressé, il se reconnaissait avec étonnement une faculté d'évocation nette et puissante.

Le récit d'Irma offrait d'ailleurs de la logique et de la clarté, il avait dû être mis au point par des répétitions antérieures.

Les parents avaient pu acheter un fonds de fruiterie-épicerie et vins. Ils avaient alors retiré de la campagne leurs trois fillettes. Et juste, au moment où l'avenir promettait, le père était mort, — par la faute de ce malheureux comptoir où il fallait boire avec les clients pour activer le commerce.

Le fonds avait été liquidé dans des conditions désastreuses, et la mère, sans ressources, avec trois enfants âgées respectivement de dix, onze et douze ans, avait cherché « du travail à la maison ». Un intermédiaire de magasin de nouveautés lui avait fourni de la couture. Elle s'acharnait quinze heures par jour, pour tirer à peine de quoi manger. Mais, sous un certain rapport, cette obligation convenait à son entêtement de montagnarde. Une fois qu'elle fut accrochée à ses confections, il fut dit qu'elle ne les lâcherait plus. Peut-être aurait-on pu trouver mieux, mais il aurait fallu *risquer*, perdre une journée ; non ! impossible ! elle était agrippée....

Elle avait voulu cependant que ses filles restassent à l'école jusqu'au certificat d'études. Ce diplôme obtenu, elles s'étaient mises à la couture successivement, et un jour cela fit un petit atelier de quatre personnes : la mère gagnait trois francs, Marie, l'aînée (quatorze ans) gagnait un franc cinquante, Lucie, la cadette, un franc vingt-cinq et Irma, la plus jeune, un franc.

Ces jeunes filles gardaient la position assise et voûtée du travail à l'aiguille, si strictement du matin au soir, que trois ans après la fondation de l'atelier, leur salaire moyen atteignit deux francs. Là, une époque stationnaire. Puis les gains, après avoir été en rapport direct avec l'âge des ouvrières, s'étaient intervertis : la plus jeune gagna trois francs, la cadette s'en tint à deux francs, mais l'aînée déchut à un franc cinquante et la mère à un franc. Ces deux dernières étaient malades, voilà l'explication.

Et enfin, six mois avant le récit actuel, — la mère était morte de consomption, au milieu d'une journée, n'ayant lâché son aiguille qu'une heure avant d'expirer.

***

Maxime et Irma pensèrent tout à coup à goûter la bière versée. Le sifflet d'une usine proche avait retenti : des hommes entraient, jetaient les yeux sur le couple, se plantaient devant le comptoir, haussant leur pantalon en le tirant à deux mains par la ceinture, buvaient d'un trait, essuyaient leur bouche sur le dos de leur main, balançaient la tête en faisant : « m'sieu dame, » et s'en allaient.

Maxime, l'avant-bras appuyé à la table, tantôt regardait Irma en plein, tantôt considérait les allées et venues du comptoir, et aussi un bocal vert de prunes, un rouge de cerises, sur une étagère attenant à la glace ; et deux journaux pliés, une ardoise, une assiette avec des croissants, posés sur le pied de verres retournés. Impressionné par le récit et par le fait de se trouver là, il était doublement dans un milieu nouveau.

— C'est la pause de quatre heures, pour les ouvriers, dit Irma.

Et elle continua sans tristesse ni acrimonie.

Depuis plusieurs années, on ne s'était pas arrêté de travailler autrement que pour manger et dormir ; on ne pensait même pas à la possibilité d'une interruption. Mais après les deux jours de vacance du décès, quand il avait fallu se remettre à ces quinze heures d'assiduité quotidienne, sans espoir de repos, sans autre perspective que le trou final, — et encore avec la certitude d'aller en diminuant comme gain, par fatigue et par la baisse des salaires, — il y avait eu une hésitation prolongée, comme avant d'entrer dans une impasse lugubre.

Chose que l'on n'avait jamais faite auparavant, l'on s'était mis à réfléchir, à penser au délà du présent ; l'on était des gens, ayant toujours marché sans regarder, et qui, après une halte, se décident à examiner le pays en avant et en arrière d'eux.

Les trois filles s'étaient livrées à une sorte de consultation personnelle. Pendant qu'elles y étaient, ma foi, elles prenaient aussi le temps de cette fantaisie, qui littéralement ne leur avait pas encore été permise : tâter leur disposition, leur goût intime. Et elles avaient choisi un parti selon les lois de leur complexion, selon le degré de leur vitalité même.

⁂

Là, Irma vida son verre et regarda Maxime avec un sourire de connivence ; elle quittait un passé révolu, purement narratif, pour aborder une réalité proche où Maxime aurait place.

— Oui, dit-elle d'un accent plus haut, il n'y avait pas trente-six solutions possibles, mais faut croire qu'il y en avait trois au moins, puisque chacune de nous en a choisi une différente.

Ma sœur aînée Marie, tuberculeuse comme était devenue maman, a décidé de continuer l'existence accoutumée ; elle n'avait de volonté pour aucun changement : plus d'énergie, plus d'idée, plus rien que l'obstination peureuse des quinze heures là, sur la chaise.

Lucie qui avait une intelligence extraordinaire, et des idées à stupéfier nos maîtresses, à l'école, — surtout dans les narrations, où plusieurs fois, sans connaître les règles, elle avait fait des passages de poésie, Lucie, très jolie, brune, la figure ovale comme une madone d'église, les yeux noirs, durs et qui était toujours sombre et grondeuse à la maison, — a demandé avec un ricanement : « Ah! tu recommences, Marie, et toi, Irma? » Je n'ai pas répondu, mais elle a compris; elle a tiré la porte avec colère et, deux jours après, on nous a fait venir pour la reconnaître à la Morgue.

Moi, au contraire, j'ai dû hériter des parents, de la race montagnarde, une volonté de vivre quand même et quand même. Jamais je n'ai pu être triste et je n'arrêtais pas de parler en travaillant, malgré ma mère et mes sœurs répétant l'une après l'autre : « Tais-toi donc, tu nous assourdis. » Et puis, je me dérangeais plus souvent qu'elles de ma chaise, malgré les observations mécontentes : « Tu n'es donc pas faite comme tout le monde, que ça te prend toutes les demi-heures? » Et j'étais rudement contente qu'il fallait descendre dans la cour. Voilà pourquoi vous m'avez rencontrée si souvent dans l'escalier...

Autrement, je sortais seulement pour acheter les provisions, une fois par jour; je respirais comme une prisonnière, comme une asphyxiée, sans flâner trop, pourtant, de peur que maman me retire la confiance.

Alors, non! devant la chaise, devant la chaufferette servant de petit banc l'été, remplaçant le feu l'hiver, j'ai eu une révolte de mon corps, de mon esprit, comme si tout mon moi criait : je ne veux pas mourir, je ne veux pas mourir.

Alors je me suis dit : tant pis, je veux de l'espace, du mouvement, de l'air, je veux être pareille au monde qui va, qui vient, lève la tête, regarde; je veux avoir des moments où rien ne me manque... tant pis! Et raisonnablement, la première morale ça doit être de vivre...

Depuis longtemps, je m'arrangeais pour faire les commissions le soir, toujours à la même heure, parce que certaines personnes passent exactement chaque jour au même endroit à une minute près, et deviennent des connaissances, sans qu'on leur ait jamais parlé. On leur donne un sobriquet, on pense à leur profession supposable... mettez-vous à la place d'une enfermée comme moi.

Ainsi, j'avais fini par rire au nez d'un jeune homme qui rentrait du bureau, avec une serviette de cuir sous le bras. Voyant cela, il avait osé me dire quelques mots et bientôt il me taquinait d'un refrain continuel : tâchez donc d'être libre une fois, nous irons dîner, nous irons au théâtre. Il ne savait pas que moi et mes sœurs, jamais de notre vie, nous n'avions vu la rue, passé huit heures du soir. Je me contentais de refuser en riant, sans explication.

Ne voulant pas reprendre la couture, — après être restée un jour à la maison à baguenauder, — car ma décision n'a pas été complète immédiatement, bien entendu, — et après avoir dépensé les derniers dix sous qui m'appartenaient, je suis descendue, comme d'habitude, à point pour rencontrer ce jeune homme; l'ayant aperçu de loin, j'ai fait semblant de regarder les images à la devanture du marchand de journaux,

— Tiens! a-t-il dit, aujourd'hui vous n'avez ni filet, ni panier? Je parie que vous allez en course, alors vous avez le temps de prendre quelque chose!

J'ai répondu :

— Je veux bien... mais ne me retardez pas trop.

— N'ayez pas peur, venez toujours.

Il s'est cru bien adroit. J'ai fait exprès de boire, pour n'avoir plus conscience de rien. Et voilà.

***

Elle eut un haussement d'épaules et son sourire demanda indulgence à Maxime. Celui-ci répondit d'un même sourire triste, résigné. Détail curieux : l'impulsion de puberté, l'obsession physique qui l'avaient amené en cet endroit, étaient dissipées. L'émotion intellectuelle et généreuse avait chassé l'animalité.

Après une pause, Irma continua, encouragée par l'acquiescement manifeste de Maxime à la fatalité.

— Alors, je reste avec *lui*; il a un emploi dans une compagnie d'assurances. Seulement il ne gagne pas assez pour m'entretenir tout à fait — quoique je ne sois pas absolument désœuvrée, je fais mes costumes et mes lessives, par exemple. Alors, j'ai des amis, — comme vous, une supposition, — qui m'aident un peu. Avec la poste restante, c'est très facile, on m'écrit... du reste, vous avez vu : je vais au guichet tous les jours.

Cette énonciation : « J'ai des amis, comme vous... » pénétra Maxime singulièrement. Il était en effet un ami d'Irma, il avait l'impression de la connaître depuis l'atelier familial, où — par la magie de la pensée, il l'avait évoquée, pendant des années. Elle lui faisait l'effet d'un camarade cher, et qui serait malheureux. Un afflux d'idées touchantes, — sans le moindre désir sensuel, — lui faisait tourner la tête vaguement, à droite, à gauche. Irma interpréta ce mouvement dans une tranquille incidente :

— Oui, la porte là-bas, après le comptoir, donne dans l'allée de l'hôtel... c'est commode, on n'est pas remarqué par les gens du dehors.

Son récit était fini; il n'y avait plus rien à dire d'intéressant devant les verres vides; elle se leva. Maxime paya le garçon, et il suivit Irma par la porte indiquée, qu'elle avait prise le plus naturellement du monde.

La Question

M. Rudot, inspecteur primaire, ayant changé de département, faisait une visite à son nouveau préfet.

Le hasard voulut que les deux fonctionnaires se fussent connus, quelque trente ans auparavant, à la Faculté des Lettres. Le formulaire officiel des réceptions fut donc banni de leur entrevue, qui prit une tournure tout amicale.

Et, notamment, ils parlèrent du personnel enseignant, non en chefs hiérarchiques, mais en hommes; non au point de vue limité de la pédagogie, mais au point de vue illimité de la solidarité humaine.

Nécessairement, ils s'arrêtèrent aux institutrices: les unes bonnes, les autres excellentes; les unes d'origine paysanne, les autres d'origine citadine: les unes montées du peuple, de la petite bourgeoisie, les autres descendues de la vraie bourgeoisie; les unes tout à fait primaires, les autres tant et plus diplômées.

Il se dirent, seul à seul, ces vérités que le public ne doit pas posséder, que les intéressés eux-mêmes ignorent — ces secrets de dirigeants qu'il faut absolument conserver. Par exemple, ceci: l'excellence de l'institutrice n'est pas une question de savoir livresque, c'est une question de cœur; la femme qui aime les enfants est bien près d'avoir, sans brevets, la meilleure science infuse. Mais, silence là-dessus! Comment pourrait-on recruter, gouverner, répartir tout un personnel, sans la fiction des titres d'académie?

***

A un moment, le préfet, grand, maigre, l'aspect d'un officier de cavalerie à moustache blanche, quitta le fauteuil de son bureau et vint se camper devant la cheminée flambante.

— Dites donc, Rudot, je vais vous étonner; dans l'arrondissement même confié à votre gérance, il y a une institutrice que j'ai sciemment nommée, venant de Paris, d'une maison de débauehe.

— Hein? sursauta l'inspecteur, un homme grisonnant, de taille moyenne, à mine de notaire incorruptible.

Le préfet continua tranquillement :

— Une jeune fille élevée dans l'aisance, instruite, sage, se trouve, en l'espace de quelques jours, sans famille et sans ressources, ah! mais, dénuée, à n'avoir pas d'abri pour coucher. Errante, affamée, inconsciente, elle est la proie irresponsable d'une trafiquante, rencontrée au hasard de la rue. La voici recluse de force, livrée à un sort infâme comme à un lent assassinat. Une surveillance inexorable l'empêche même de s'évader par le suicide immédiat. Toutefois, une dénonciation anonyme a permis à l'Œuvre libératrice d'intervenir et de réclamer la prisonnière. On a trouvé qu'elle n'était pas abîmée d'âme, et on me l'a proposée comme institutrice, sans me rien céler de ses antécédents. J'aurais manqué aux idées supérieures, si j'avais refusé l'emploi demandé. En effet, depuis cinq ans que cette personne est en fonctions, elle a mérité d'unanimes éloges.

— Mon Dieu, fit l'inspecteur d'un ton circonspect, ça ne m'étonne pas trop.... Cependant....

— Cependant, reprit le préfet, il a fallu la déplacer d'office, peu après ses débuts. Je ne m'étais pas méfié des à-côté.... Je l'avais nommée dans une école d'enfants trop pauvres....

— Alors? demanda l'inspecteur avec une moue défavorable.

— Alors, mon cher, elle ne mangeait plus. Comprenez-vous? Cette femme, qui n'était pas morte de faim sur le pavé de Paris, serait morte de privations, littéralement, dans son école trop pauvre!

— Elle doit être bien sympathique, bien exceptionnelle d'esprit.

— C'est ce qui vous trompe, déclara le préfet. Sa physionomie n'offre rien de particulier. Tenez! vous allez visiter, dans votre arrondissement, deux cents écoles de filles environ : je vous défie de découvrir avec certitude ma repentie, par de simples déductions extérieures.

L'inspecteur se dressa :

— Un défi!.... Mon cher préfet, j'ai vingt ans d'exercice, et j'ai aussi quelque fatuité professionnelle. Voulez-vous que je vous dise : votre institutrice, je la discernerai entre mille.... Je la trouverai sans aucune investigation directe, sans l'avoir regardée attentivement elle-même.

Le préfet sourit, non sans une certaine admiration incrédule.

— Vous la découvrirez en regardant les enfants? Ses élèves vous la dénonceront? C'est, en effet, un moyen très fort, tellement fort que je maintiens la gageure. Convenons d'un enjeu. Dans six mois, quand vous aurez terminé votre tournée d'inspection, je m'occuperai des promotions dans la Légion d'honneur. Si vous m'apportez le nom mystérieux, « le nom gagnant », ma désignation du plus remarquable inspecteur primaire de mon département sera tout de suite faite.

***

M. l'inspecteur partit en voyage officiel. Sa circonscription tout industrielle fournissait une population scolaire considérable.

Pour cette fois, il allait d'école en école, avec la principale décision de répondre victorieusement au défi du préfet. En dehors de l'amour-propre, une curiosité masculine le poussait.

— Ah! ah! il saurait le secret que le préfet seul connaissait! Ah! ah! par un nom prononcé, d'homme à homme, il y aurait une connivence délicate entre eux deux.... Et ils se riraient aux moustaches avec quelque gaillardise.

Dans chaque classe, il réduisait au minimum les discours adressés à l'institutrice même, mais il examinait passionnément les quelques élèves qui — par une loi immanquable — reflètent exactement la maîtresse, répétant ses gestes, sa physionomie, ses intonations et aussi son cœur.

Il interrogeait les enfants selon le programme, mais de façon à projeter une lueur dans les consciences.

Entre autres questions, il en posait une, partout la même, choisie habilement et à laquelle il attribuait une vertu révélatrice :

— Citez la femme la plus remarquable que vous connaissez.

Il attendait la réponse, les yeux rapides, aigus, la pensée avide : allons, les regards clairs, les fronts blancs! allons les endormies, les éveillées! allons, les petits museaux roses! allons, les binettes pauvres...! allons, le troupeau!... allons, les dénonciatrices!

Partout les visages et les esprits se composaient pour M. l'inspecteur, partout la réponse jaillissait empruntée à la mémoire scolaire :

— Jeanne d'Arc, Jeanne Hachette. Ou bien, çà et là, quelques fantaisies : Marie de Médicis, Charlotte Corday, etc.

***

A Chabois l'école était particulièrement pauvre.

Dans la classe des filles, M. l'inspecteur se dit soudain : « Attention! je distingue un flottement caractéristique, ce n'est pas l'habituelle unanimité de troupeau, ce n'est pas l'habituelle mentalité scolaire. »

Les enfants réfléchissaient isolément, les réponses des unes ne suggestionnaient pas les autres. Attention!

Il semblait compulser des papiers, et, avec la science acquise par vingt ans d'inspection, il dégageait les élèves-types, les sosies de l'institutrice.

— Eh bien! Mademoiselle, oui, la petite en bleu : quelle est la femme la plus remarquable que vous connaissez? Vous n'avez pas de réponse à faire?

L'enfant — petit visage maigre, sérieux — eut un regard noir qui signifiait : « En quoi cela peut-il vous intéresser? » Très simple, sans emphase, mais sûre d'elle-même, elle prononça :

— Si, Monsieur... ma mère.

L'inspecteur médita, examina. Non. Ce n'était pas encore ce qu'il cherchait; mais *l'inconnue* avait peut-être passé par cette école de Chabois.

— Depuis quand êtes-vous ici? demanda-t-il à l'institutrice.

— Depuis quatre mois et demi. Celle qui m'a précédée...

— Pas un mot, Madame, je vous remercie.

*
* *

Quand M. l'inspecteur entra dans l'école de Plucteux, tout de suite, par le souvenir, il en rapprocha celle de Chabois.

Les fillettes étaient de condition moins pauvre, mais les élèves manquantes avaient, mieux qu'à Chabois encore, la physionomie de petites personnes autonomes.

A la fameuse question, — plusieurs s'abstinrent de répondre; et elles ne cherchaient pas : elles savaient et ne voulaient pas dire.

Après avoir entendu les inévitables désignations : Jeanne d'Arc, Jeanne Hachette, — Monsieur l'inspecteur avisa une petite de dix ans, environ, toute en deuil.

— Eh bien! vous, là-bas, mon enfant, au bout du banc? interrogea-t-il, quelle est la femme la plus remarquable que vous connaissez?

La fillette le regarda à grands yeux, sans un mot, avec une imperceptible expression d'étonnement, de reproche.

— Vous ne voulez pas répondre?

— Non, je ne veux pas, signifia l'enfant du front.

Il parut à l'inspecteur que le jeune visage clair et triste protestait en ces termes :

— Pour vous répondre, je serais obligée de révéler un *moi* qui n'appartient à personne; tous les droits d'inspection imaginables s'arrêtent à ce moi ; quoi qu'il pense ou qu'il fasse, — vous n'avez ni à savoir ni à juger.

Pendant que l'institutrice écrivait un problème au tableau noir, l'inspecteur s'informa auprès d'une autre fillette :

— Votre petite camarade, là-bas, est orpheline?

— Elle n'a plus de mère à la maison, Monsieur, mais elle a une maman tout de même.

— Ah! comment cela?

Le silence et encore cette expression de visage : « Halte, monsieur l'inspecteur, on ne va pas plus loin; chacun de nous a un droit d'être ignoré qui est le premier des droits. »

Et précisément à cause de cette « défense de savoir », M. l'inspecteur s'en alla renseigné. L'orpheline avait une maman à l'école. L'institutrice était la femme la plus remarquable pour l'orpheline. Et dans cette école, les sosies de l'institutrice témoignaient d'instinct qu'il y a un moi, dont personne ne doit connaître...

Et c'était, en effet, une institutrice pareille à n'importe laquelle.

*
* *

M. l'inspecteur revint à la préfecture.

Le préfet, interrogateur à son tour, le regarda malignement :

— Ah! je vous attendais; la promotion de juillet est en suspens. Qui est ma fameuse institutrice? Qu'avez-vous appris?

M. l'inspecteur avait appris plusieurs choses dans sa tournée. La plus importante était sans doute « la solidarité du silence » enseignée par la petite fille de dix ans, car il fit le même visage qu'elle, clair, impénétrable :

— Je n'ai rien à vous dire, monsieur le préfet.

L'Oraison Funèbre

C'était un petit garçon qui n'avait jamais connu ni son père ni sa mère; sans doute pour ne pas faire comme tout le monde.

Ce petit garçon s'appelait Jaquet. Il faisait partie d'une bande de mendiants, grands, petits, mâles, femelles, qui parcouraient la campagne, de compagnie, et mettaient en commun les aumônes recueillies, de façon à former une sorte de famille nomade.

Dans ces pays misérables, les mendiants ne recevaient jamais d'argent; seulement quelques fermiers leur donnaient des morceaux de pain de la grosseur d'une brique et tous taillés sur le même modèle, car c'était un usage ancien, recommandé par les maîtres d'école, d'avoir dans la cuisine des briquettes de pain pour les pauvres.

Ce jour-là, les mendiants campent au bord d'une grande route, non loin d'un village dont les premières maisons apparaissent derrière les arbres : le blanc des murs, le rouge des tuiles trouent le vert du feuillage; de minces fumées montent toutes droites et s'évanouissent avant d'avoir trouvé une direction. Le soleil va se coucher, mais la chaleur reste accablante; la nature entière est plongée dans une paix profonde, dans une sorte d'assoupissement; à travers la campagne on ne voit pas un vol d'oiseau, on n'entend pas un bruit d'insectes; les feuilles, si craintives, si promptes à s'émouvoir, ne bougent pas.

Les mendiants s'assoient par terre, en rond, pour prendre le repas du soir. Le plus vieux d'entre eux distribue les morceaux de pain reçus dans la journée et mis au fur et à mesure dans un grand sac; à chacun une part égale. Une douce quiétude se marque sur tous les visages.

Mais nos gens se sont trompés, ils ont fait halte trop tôt : il manque un morceau de pain. Le distributeur a beau secouer le sac, le morceau de pain manque; tout le monde est servi, sauf le petit garçon. Jaquet, le plus jeune de la bande. n'a rien.

Un léger souffle d'air réveille les feuilles et efface la sérénité des visages. Il manque un pain et la journée est finie! Il serait inutile de chercher une aumône supplémentaire; mal reçu serait l'audacieux qui viendrait mendier quand le soleil est couché. Et puis, les mendiants sont las; ils se trouvent heureux d'être assis et rien ne les ferait bouger. Tant qu'ils ne se sont pas arrêtés, ils tiennent bon, ils ne regardent pas à franchir quelques kilomètres de plus, mais une fois qu'ils ont cessé de marcher, la fatigue, qu'ils ne sentaient pas, engourdit leurs membres aussitôt.

Il manque un morceau de pain. La constatation se fait d'un mot, et c'est tout; on se tait, on attend. Jaquet a quitté sa place et, debout, il hoche la tête en examinant la « société ». Insensiblement les visages ont durci. Des bourrasques arrivent brusquement; des poussières se lèvent sur la route et courent se cacher dans l'herbe.

Chaque vagabond serre son pain à deux mains et observe Jaquet, qui est devenu un ennemi; chacun semble prêt à grogner et à mordre comme le chien auquel on veut enlever son os. Tant pis pour Jaquet; personne ne veut lâcher prise. A qui la faute si Jaquet n'a rien? Personne ne veut rogner sa part.

Silencieux, l'œil aigu, Jaquet surveille les doigts griffés dans la mie; son regard se rencontre, brutal, avec le regard implacable de chacun. Il pense qu'il est le plus petit et qu'il ne peut pas user de violence pour conquérir une part; pourtant, il arrête un instant son attention sur Louis. Bien que ce dernier soit de deux ans plus âgé, il est plutôt moins fort que Jaquet : tout jeune, il se permet de porter une tête de mort sur ses épaules voûtées. Mais il devine la pensée de Jaquet et montre des dents menaçantes. Jaquet renonce à son projet, la face de hyène de Louis lui fait peur.

Le temps s'assombrit, une menace s'appesantit sur la terre. Tout à l'heure, la figure rose du petit garçon, ses yeux clairs, indiquaient que seules encore des pensées insouciantes avaient germé dans son cerveau; tout à l'heure, une belle clarté limpide rayonnait dans sa jeune âme; mais il a subitement vieilli, l'éclat de son teint a disparu; le gris envahit son visage et son âme. En contemplation muette devant « la société » assise à ses pieds, il réfléchit à cette fatalité qui veut qu'un morceau de pain manque et que ce soit lui, le plus faible, qui n'ait rien. Il a pourtant faim comme les autres, c'est peut-être même par commisération pour sa petite taille que plusieurs personnes se sont montrées charitables.

***

Le soleil est couché. Le petit garçon a pris une résolution : il s'en va, il se dirige, là-bas, vers les maisons du village. Les chemineaux le voient s'éloigner, rapetisser, rapetisser encore, et alors seulement ils attaquent le pain à grands coup de dents.

Jaquet a gravi le versant d'une côte; il va disparaître en s'engageant sur la pente opposée, mais il s'arrête, il se retourne et, au loin, il distingue les compagnons qui mangent, égoïstes, indifférents à son besoin. Indigné, il secoue la tête et tend ses poings menaçants. Au même moment passe une violente rafale : les arbres aussi secouent leurs têtes et agitent leurs bras tordus, avec des craquement d'os. Le fond de l'horizon ressemble à un noir précipice; la foudre fait entendre les lointaines imprécations du ciel. La poussière, reste matériel de tout ce qui a été, file éperdue le long de la route, se précipite vers le gouffre en rasant la terre, tandis qu'au-dessus la bande livide des nuages semble emporter vers l'abîme les restes immatériels des existences passées; les nuages prennent les formes les plus hideuses, les plus monstrueuses, comme s'ils étaient des enveloppes pleines d'une agitation forcenée. Un immense désespoir accable la campagne, des gouttes de pluie tombent aussi chaudes que des larmes. Les arbres eux-mêmes, pliés dans la direction des ténèbres, font des efforts furieux pour s'arracher du sol et fuir vers l'abîme.

Le petit garçon reprend sa marche; il est poussé lui aussi vers le gouffre. Sur son dos courbé ruisselle la pluie. Telles des bêtes affolées qui cherchent un refuge, des violentes pensées frappent à son âme : n'est-il pas victime de la méchanceté générale ? Les éléments eux-mêmes, auxquels il n'a rien fait, lui sont hostiles; et pourquoi les gens charitables ont-ils donné un morceau de pain en moins? Pourquoi les compagnons n'ont-ils pas voulu partager leur ration ? Mais puisque sa part manquait, puisqu'il n'a pu la prendre de force et puisque l'heure est passée d'aller demander du pain, n'y a-t-il pas un moyen d'assouvir sa faim tout de même ?

Une lueur inquiétante envahit l'âme du petit garçon. Il arrive près des maisons, il rôde, il finit par trouver une porte entr'ouverte, il se glisse furtivement, il entre sans être vu dans une cuisine, il saisit un gros morceau de pain et s'enfuit. Il rejoint la route et là, dans un endroit solitaire, comme il a très faim, il mange vite, vite, il se bourre avec voracité.

Dès que Jaquet a avalé la dernière bouchée, dès qu'il a mangé cette énorme quantité de pain frais, il ne peut plus respirer, la pâte se gonfle et brusquement fait obstruction à l'air, il essaie en vain de débarrasser son estomac. Bientôt, il tombe en battant l'air de ses bras; d'effrayantes convulsions l'agitent pendant un instant, sa face devient noire, ses yeux sortent de la tête, puis il demeure étendu au bord de la route, sa bouche baye, agrandie comme celle d'un poisson pâmé.

*
* *

Et voilà qu'au matin un grand coq roux vient becqueter le pain que les secousses de l'agonie ont repoussé et qui a empli la bouche du petit garçon, sans pouvoir sortir; et jusqu'au fond de la gorge le coq attrape du pain avec son bec; ensuite il claironne un formidable cocorico, alors une quantité de poules accourent de toutes parts. Le coq tourne autour du corps en levant gravement les pattes très haut, l'une après l'autre, et il semble dire : « Voyez ce petit garçon ! quelle abomination ! Il a volé un pain : le voilà mort ! Et toutes les poules hochent la tête comme pour répondre : « C'est bien fait ! C'est bien fait ! »

Le Philanthrope désabusé

C'était un sportsman de soixante ans, vigoureux, grand, le visage coloré par les boissons américaines, les yeux jaunâtres, rouillés, le nez crochu, la moustache militaire teinte en noir. Décoré, il portait un chapeau de haute forme gris clair, une jaquette gris clair, un gilet blanc, des guêtres blanches, des chaussures vernies.

Son apparition sur la terrasse de l'hôtel causait une malaise général, car il trouvait toujours moyen de prendre la parole pour d'abominables conférences, et personne ne pouvait se dispenser d'entendre sa voix coupante, mauvaise; il parlait à coups de dents brutaux, comme un fauve déchiquette sa proie. En guise de ponctuation, il poussait de la gorge un sinistre ricanement qui retirait de son visage les moindres indices de douceur ou de pitié.

Ce jour-là, par extraordinaire, il lisait dans un coin et l'on ne souffrait pas trop de sa calamiteuse présence, quand soudain il jeta son journal avec colère et, s'adressant à la fois à son voisin le plus proche et à toutes les personnes présentes, il assombrit notre bel après-midi du discours suivant :

***

— Parmi les antiennes si chères à certains publicistes, la plaidoirie en faveur des condamnés prétendus innocents m'a toujours été particulièrement insupportable. Il n'y a pas d'innocents, Monsieur ! Le seul fait d'avoir été touché par la justice empoisonne un individu ; rien ne peut le faire redevenir sain.

Aussi, vous allez rire — je me suis affilié à un comité de protection des condamnés libérés, précisément en haine des libérés, pour veiller à ce que la sécurité publique ne fût pas compromise par des réhabilitations imprudentes.

Et vous savez, mon opinion peut faire autorité, je suis renseigné de première main. L'occasion s'est offerte à moi de connaître et d'observer un condamné libéré, je n'ai constaté chez lui aucun essai de réconciliation avec la société, rien n'annonçait qu'il souhaitât d'effacer le passé criminel par une conduite honorable. Et pourtant je pouvais espérer que cet homme n'était pas foncièrement mauvais.

Il faut d'ailleurs que je raconte l'aventure.

Il y a trente ans bien sonnés, ma foi (la durée de la plus longue prescription), mes affaires m'appelèrent à Lyon la veille de Noël. Je pris, à Paris, un express du soir. Au départ, deux voyageurs seulement partagèrent mon compartiment. L'un de ces messieurs, renfrogné, le front barré, les yeux en dedans, les joues mornes, paraissait un insociable n'ayant pas cure de ce qui se passait autour de lui. L'autre voyageur, mince, très élégant, n'attira pas d'emblée mon attention; mais il se rattrapa plus tard, on va le voir.

A Dijon, mon compagnon à triste visage, abandonnant son bagage sur la banquette, profita d'un arrêt de dix minutes pour descendre du train. La portière du compartiment resta ouverte, puis on cria : « En voiture, en voiture ! » Il ne revenait pas; on ferma; je me penchai sur le quai prêt à héler le retardataire, je ne l'aperçus pas.

Enfin, le train se remit en marche et, seulement alors, je reconnus le sombre personnage qui ne se pressait pas plus qu'un somnambule; pourtant, réveillé soudain, il se décida à courir, mais trop tard... C'est pourquoi, par une extrême complaisance, je lui envoyai, par le chassis de la portière, son pardessus, et, — pensai-je, — sa valise. Je me trompai (je l'ai compris ultérieurement), je lui jetai la valise du voyageur resté avec moi. Ce dernier, — un brun, plutôt petit, de l'espèce rageuse, crut sans doute à une farce de mauvais aloi, ou bien encore à un complot entre malfaiteurs, car, avant que j'eusse eu le temps de me rasseoir, il se dressa blême de fureur, et sans un mot d'explication, il s'élança sur moi, me saisit à la gorge, et s'efforça de me frapper du poing. Surpris par cette attaque audacieuse, sans proférer une parole non plus, je parai les coups assez facilement, tout en cherchant mon revolver.

Grâce à mes grands bras et à ma carrure puissante, j'aurais pu, d'une secousse, réduire mon adversaire, inférieur de taille, de poids, et dont le choc ne m'avait même pas déplacé. Mais le pugilat répugne à ma nature aristocratique.

La farce dura quelques secondes à peine. Usant de mon droit de légitime défense, dès que j'eus mis la main sur mon arme je fis feu : l'agresseur tomba raide mort.

Sur le coup, je ne pus me défendre d'un certain trouble; mille sensations diverses m'assaillirent; je dus me secouer, me raidir pour rattraper mon sang-froid; mais enfin, au bout d'un moment, je constatai avec une joie sautillante que, vraisemblablement, ni le bruit de la détonation, ni celui de la chute n'avait été entendu par aucun voyageur. La nuit était d'encre, le train filait à toute vitesse; j'ouvris la portière et, malgré le respect qu'on doit aux morts, vu l'urgence, je dépêchai le cadavre sur la voie.

Le mort n'avait pas saigné; je lui sus gré de m'avoir évité tout souci de nettoyage; je hais les besognes infimes. En le balançant, je sentis en lui un déplacement de liquide, tel qu'il s'en produit quand on remue un tonneau à moitié plein : hémorragie interne.

Mon compartiment débarrassé, d'instinct, je l'inspectai minutieusement comme si je n'étais pas bien sûr d'y être seul. Je regardai sous les banquettes; ensuite, par les lucarnes, mon regard s'appliqua à scruter les deux voitures contiguës; elles étaient vides.

Je rajustai mes vêtements déboutonnés; mon peigne de poche répara le désordre de mes cheveux et de ma barbe, mon chapeau roulé à terre fut épousseté; je me mirai dans ma glace; j'avais bonne mine; le mouvement avait avivé mes couleurs; je me souris avec complaisance, et, toutes choses en état, machinalement, je me frottai les mains comme fait un homme qui vient de conclure une bonne affaire ou de terminer un ouvrage important. Puis, incapable de rester inactif, je mangeai un petit pâté truffé et j'allumai un cigare.

Brusquement, mû par une curiosité bien légitime, je voulus visiter la valise restée en détresse et alors seulement se dégagea la cause de la fureur de mon défunt compagnon : cette valise n'était pas la sienne. J'en eus la certitude tout de suite : c'était un mauvais article de bazar, ne renfermant que du linge commun; et je me rappelle avoir vu le *de cujus* ouvrir un élégant sac de voyage (celui que j'avais jeté, parbleu!) lequel contenait un nécessaire richement conditionné.

Tout d'abord, pour ne pas distraire mon attention du pâté truffé, j'avais admis, sans chercher plus loin, que mon agresseur avait cédé à un subit accès de la folie. En reconnaissant mon erreur, je ne pus m'empêcher de me taper la cuisse d'une claque retentissante.

— Elle est forte, celle-là!

Mais la légitime défense me dispensait du moindre regret.

A Lyon, je descendis, en abandonnant la maudite valise, mais un employé trop zélé courut derrière moi et, pour ne pas éveiller de soupçons, je dus emporter ce colis de raccroc. Comme elle ne contenait rien de bon et comme je ne suis pas un voleur, j'égarai la valise dans les champs.

La presse et le public parlèrent pendant quelques jours du voyageur trouvé inanimé sur la voie du chemin de fer, puis d'autres meurtres se présentèrent, qui enterrèrent celui-là et bientôt l'affaire sembla tombée dans l'oubli.

Or l'autre voyageur, celui qui était descendu à Dijon et à qui j'avais envoyé le sac de voyage meilleur que sa valise propre, eut le tort impardonnable de le garder et de ne rien dire. Six mois après l'accident, grâce à ce sac de voyage et aux objets y contenus, il fut arrêté sous l'inculpation d'en avoir occis le propriétaire.

Il ne nia pas avoir voyagé la nuit du crime, mais quand il voulut expliquer comment le sac de la victime était venu en sa possession, son récit parut de tous points mensonger.

Aucun employé de chemin de fer ne se souvint de son histoire de train manqué, de pardessus et de sac jetés sur le quai par un tiers.

Il eut l'audace de prétendre que, — se trouvant accablé par un deuil récent, — il avait retenu ce sac (le bien d'autrui! Monsieur!) par apathie, par détachement des choses de la vie, parce que les démarches nécessaires pour opérer la restitution, constituaient, à ce moment-là, un effort au-dessus de ses moyens.

Déféré à la cour d'assises, les circonstances atténuantes lui furent refusées, cela se comprend; la peine de mort fut prononcée. Mais il eut la chance insigne que, malgré l'animosité de l'opinion publique, la clémence du chef de l'État adoucît la fatale sentence et lui substituât les travaux forcés à perpétuité. Bientôt, m'apprirent les journaux, il fut embarqué pour la Nouvelle-Calédonie.

Le nom de cet individu était Billot.

Cette affaire qui m'avait d'abord assez fort préoccupé, qui m'avait ensuite spécialement intéressé, était donc terminée. Bientôt je n'y pensai plus du tout.

Or. en parcourant mon journal, il n'y a pas très longtemps, je m'arrêtai sur l'entrefilet suivant :

« Un nommé Billot, jadis condamné à mort pour assassinat d'un voyageur en chemin de fer, puis, par commutation, envoyé en Nouvelle-Calédonie, a montré, au bagne pendant vingt-cinq ans, une conduite tellement satisfaisante, qu'il vient d'être définitivement gracié et autorisé à rentrer en France. Il s'est embarqué sur le paquebot l'*Orénoque* qui arrivera à Marseille le 30 mai prochain. »

Parbleu ! me dis-je, j'ai souvenance d'un drame de ce genre-là et dont le héros portait en effet un nom de pareille consonance.

Vérification faite, il s'agissait bel et bien du personnage que le vol abominable du sac de voyage avait perdu. Et justement, circonstance singulière, un congrès philanthropique m'appelait à Marseille.

Très naturellement, deux choses me vinrent à l'esprit : d'abord, j'eus la curiosité, — un peu badaude, — de voir un criminel qui venait de passer vingt-cinq ans au bagne, un criminel, si bien fait pour la vie du bagne; puis, contrairement à mes principes, un peu aussi à cause du congrès, j'eus vaguement l'intention, en ma qualité de membre du comité de protection des condamnés libérés, de signaler le cas du sieur Billot et, — pour une fois, — de jouer un petit air pathétique en faveur de ce misérable, qui débarquerait sans relations, sans ressources et desservi par ses fâcheux antécédents, etc.

Au jour indiqué, je dirigeai donc ma promenade vers le port et, parmi les passagers de l'*Orénoque*, je pus me faire désigner le nommé Billot. (Son image s'était complètement effacée de ma mémoire depuis la cour d'assises.)

Alors, je vis un petit homme propret, mais disgracieux, sec, jaune, voûté, qui regardait autour de soi avec méfiance, avec un effarement de mauvais aloi, et qui hésitait, tournait, semblait tâter le sol, humer l'air avec précaution, chercher un trou pour se cacher. Son visage ravagé annonçait, selon moi, l'endurcissement et la ruse; son front avait perdu l'habitude de se lever.

Ah ! ce libéré était loin d'avoir une physionomie aimable et souriante; il ne paraissait pas, je vous le certifie, vouloir se réconcilier avec la société, vouloir *renoncer à faire le mal !* Il donnait l'impression d'un animal sauvage que le grand jour offusque, que l'espace libre déconcerte, que gêne la présence d'hommes non isolés. Rien, à mes yeux, n'annonçait le repentir, les bonnes résolutions.

Voilà un gaillard qui aurait dû, si son cœur avait été pur, se montrer joyeux, frétillant d'aise, d'avoir recouvré la liberté.... C'est un bien précieux, la liberté, que diable !

Non ! morne, abîmé, un petit baluchon pendant à sa main inerte, les épaules comme accablées d'un poids invisible, la démarche dolente, il gagna le chemin le moins fréquenté.

Malgré sa mine peu engageante, je le suivis afin de pousser l'expérience jusqu'au bout : comme je le serrais d'assez près, le misérable jeta un coup d'œil oblique sur ma tenue de gentleman correct; un frisson me lécha; je mesurai la haine qu'ont les méchants pour tout ce qui affirme une apparence honnête et convenable ; mes bienveillantes dispositions s'évanouirent à l'instant; écœuré, indigné, je tournai le dos et m'éloignai rapidement.

Et vraiment, si je n'avais déjà fait partie du comité de protection des condamnés libérés, — du coup je m'en serais mis ! pour modérer le zèle des naïfs et les éclairer de ma toute particulière expérience.

*
* *

La cloche de la table d'hôte retentit juste à la fin de ce récit. Le dîner fut glacial, aucune conversation, l'on mangeait peu. Seul le sinistre philanthrope demanda trois fois du rôti, — mâchant ensemble la viande saignante et des lambeaux de préceptes moraux.

Le Mauvais Conseil

On a retiré de la Seine le cadavre d'une femme...

*
* *

Alice était une gentille petite ouvrière ; elle faisait des journées de quarante-cinq sous, dans la couture. Bêtasse et sentimentale, à dix-huit ans, elle laissa caresser sa fleur par l'amour, et le fruit se forma.

Alice et sa mère entrèrent le même jour à l'hôpital; l'une, pour poser son enfant mûr, l'autre, pour faire opérer un cancer suite de couches anciennes. Car le mal guette continuellement les femmes, et, de préférence, il les agrippe à mi-corps.

Alice eut un garçon; sa mère eut les ovaires enlevés : à chacun son lot.

Le séducteur d'Alice, le père du nouveau-né, prit une fuite très conséquente, en laissant l'enfant à sa mère, ainsi d'ailleurs que le recommande une romance jadis en vogue :

> Laissez les roses aux rosiers,
> Laissez les enfants à leurs mères.

La journalière aux doigts pointillés resta donc avec son mioche pour compte; elle voulut garder chez elle ce « petit souvenir ». Mais c'était un mioche enragé pour téter, qui tendait sans cesse un mufle désespéré vers la pitance trop rare, à son gré; or, comme il fallait du temps pour soigner cette éponge à lait, les quarante-cinq sous quotidiens disparurent et, à la place, trente sous s'aboulèrent sans se presser. Que faire ? Cette paye était insuffisante pour permettre à la jeune nourrice de se « rembourrer convenablement le mannequin » et le satané marmot ne voulait rien savoir, il ne voulait pas comprendre l'économie, il ne sentait pas le mérite qu'il aurait eu à modérer son appétit; au contraire, il devenait de plus en plus pompant et, d'autre part, il fallait porter un paquet de biscuits de temps en temps à la vieille, à Beaujon, pour la consoler de la perte de ses ovaires (perte légère, du reste, puisqu'elle n'avait que faire de ces organes, mais les vieilles gens tiennent à leurs affaires).

Alice se désolait, et, si peu que ce fût, ça lui prenait encore du temps. Heureusement, elle avait une tante, sèche comme un clou, qui voulut bien se charger de garder le chérubin ; la petite maman se trouva alors débarrassée comme si elle avait mis son enfant au mont-de-piété. Elle accommoda donc à son besoin un passage du classique « Petit Savoyard » :

> Pauvre petit, pars chez ma tante...
> Que te sert mon amour, je ne possède rien...

et elle put se mettre à travailler tout son saoûl, sans être dérangée ; aussitôt la fortune recommença de lui sourire largement : les quarante-cinq sous revinrent tinter chaque soir dans sa main fatiguée.

Mais l'opulence ne dessécha pas son cœur : tous les dimanches elle alla voir môme-tétard, dit la Terreur des biberons ; elle était tout heureuse de le porter sur son bras et de le promener dans le square voisin. De son côté le môme prenait de l'âge, et bientôt il commença à jaboter, jaspiner, gazouiller, verboyer, babiller et c'était pitié qu'il n'eût personne à appeler papa.

*
* *

Quand sa mère fut morte (car enfin elle était allée à l'hôpital pour ça), Alice, par un pieux sentiment, réclama à l'établissement hospitalier le caraco de la défunte qui constituait un héritage de vingt-neuf sous environ. Elle dut fournir cinq ou six pièces, elle dut payer du papier timbré et faire marcher des témoins; elle en fut quitte pour une dizaine de francs. Mais, le plus intéressant de l'affaire, c'est qu'elle dut se rendre une douzaine de fois à la mairie et que là, un employé remarqua sa fraîcheur et son air bébête.

Tenté par cette proie facile, en apparence, le bon garçon eut l'obligeance de porter à

Alice, chez elle, l'acte de décès de sa mère. Il se montra très habile, il admira la chambrette de l'ouvrière et trouva le moyen de raconter quelques histoires gaies, à double entente. Alice riait facilement; et comme la redingote et le binocle avaient du prestige, elle n'osa pas refuser à l'employé la permission de revenir.

Il fit donc de fréquentes visites, et chaque fois il prenait des libertés de plus en plus grandes avec la jeune femme. Mais cette dernière, depuis sa première bêtise, s'était bien promis de rester sage; instruite par une dure expérience, elle n'écoutait que d'une oreille le beau monsieur qui lui contait fleurette, elle riait de bon cœur, mais elle s'effarouchait vite et elle se serait fâchée tout de bon si les choses étaient allées plus loin que le genou. Pourtant, à force de tourner avec adresse autour de ce cœur simple, comme tâtonne le crocheteur qui cherche à forcer une porte, l'employé finit par trouver le joint; aussitôt il entra dans la place comme dans du beurre.

Voilà comment cela se fit. L'employé, à bout d'arguments, de promesses, de cajoleries, allait renoncer à ses projets séducteurs, quand — en entendant Alice parler avec amour de son enfant, — il eut l'idée de prononcer d'une voix touchante ces paroles : « Cela serait pourtant gentil, si vous vouliez être ma bonne amie, nous irions tous les deux, le dimanche, voir votre bébé, nous le promènerions; moi je vous donnerais le bras, j'aurais l'air d'être le père, ça ne me déplairait pas ; bientôt le mignon me connaîtrait, il aurait quelqu'un à qui dire papa...» Là était le joint. Même dans la plus parfaite vertu il y a une fente; le tout c'est d'y passer la pointe du couteau.

Donc, par affection pour son enfant, Alice devint la maîtresse de l'employé. Hélas! bien pauvre qui ne peut promettre! Chaque dimanche le sycophante trouvait un prétexte pour ne pas tenir sa promesse d'aller voir et promener le bébé. La jeune maman fort attristée s'ingénia à découvrir le motif d'un tel manque de parole et elle finit par se dire: « Parbleu! mon enfant n'est pas assez bien habillé pour sortir en compagnie d'un bureaucrate porteur d'une redingote et d'un binocle. »

Alors elle se mit à taper de l'aiguille d'importance, vingt heures sur vingt-quatre ; une toux sèche accompagnait son travail, en guise de chanson, et ce fut l'affaire d'un mois de veillée sans feu et de soupe à l'eau. Un beau dimanche, l'ouvrière put prononcer les paroles magiques qui, selon elle, devaient décider son amant aux douces promenades avec l'enfant. Elle demanda pour la centième fois : « Voyons, allons-nous voir Loulou ? » Et sans laisser à l'employé le temps de répondre, sûre de son consentement, comme si ses mots portaient en eux-mêmes une suprême satisfaction, les yeux brillants, toute frissonnante dans le caraco maternel, elle ajouta : « Bébé a une belle pelisse bleue! Il a une belle pelisse bleue ! »

Mais le monsieur de la mairie n'aimait déjà plus la pauvrette. Préoccupé par de nouvelles amours, il répondit distraitement : « Ah! il a une belle pelisse bleue ; eh bien ! je suis pressé aujourd'hui, ma chère, je me sauve; à un de ces jours. » Et il laissa Alice navrée, hébétée, incapable de comprendre comment cet homme n'avait pas accepté avec empressement d'aller chercher de suite le bébé, puisqu'il avait une belle pelisse bleue, une belle pelisse bleue!

***

Ensuite, un autre malheur arriva subitement; la vieille tante devint aveugle. Non seulement Alice dut reprendre son enfant, mais elle fut obligée de se charger de l'infirme. Ce nouveau coup du sort l'accabla ; déjà chagrinée par la traîtrise de son amant, elle eut la faiblesse de se plaindre :

— J'ai beau user mes doigts et mes yeux, je ne gagne pas quarante sous par jour et la famine est dans la maison. Que faire ?

Or, les lamentations n'ont jamais fait grossir le salaire ; le salaire n'enfle que devant les marques d'énergie, c'est son goût. Les lamentations sans volonté ont seulement pour résultat de hâter la marche du drame vers des destinées pires, car il y a toujours des gens prêts à vous faire un vilain cadeau sous prétexte de vous indiquer un remède à vos maux. Et parbleu, ainsi qu'il fallait s'y attendre, en réponse à ses plaintes, Alice reçut un mauvais conseil, comme on reçoit forcément un mauvais coup, à se fourrer dans une bagarre.

Et ça lui vint d'un voisin du sixième étage, sorte de philosophe mystique et pessimiste, à lunettes noires et à grande barbe blanche :

— Ma fille, prononça-t-il, les hommes sont des terribles malins. Montre-leur ta vertu, ton courage, ils te jetteront des croûtes de pain ; montre-leur ta misère, ta vieille parente, ton pâle enfant, ils se moqueront; montre-leur ta nudité, ils te donneront de l'or. Naturellement, dans ce dernier cas, pour excuser leur paillardise, ils t'appelleront coquine et ils feront de beaux discours sur les récompenses réservées aux gens vertueux. Il faut dédaigner leurs paroles hypocrites. Ma chère enfant, il est impossible aux pauvresses de rester honnêtes et de nourrir leur famille ; pour la femme, l'honnêteté est une vertu de luxe aujourd'hui ; c'est un luxe de garder la libre disposition de son corps. L'infâme sacrifice s'impose donc à toi, ma fille.... Mais quand tu auras fermé les yeux à ta vieille tante. et quand ton enfant sera élevé, tu diras cette prière : — « Mon père bon Dieu, si ça ne vous fait rien, je vais vous rendre mon corps, je vais vous rendre les quelques livres de chair que vous avez bien voulu me prêter pour subvenir aux besoins de ma famille.... »

« Et alors, pour arriver plus vite devant l'Eternel, et pour arriver propre (après un tel métier), tu t'en iras à la rivière, prendre la voiture des macchabés.... »

***

On a retiré de la Seine le cadavre d'une femme....

La Bonne enceinte

Enfin, le bureau de placement réussit à caser la fille enceinte. Et dans quelles conditions touchantes! Les preneurs avaient demandé eux-mêmes une bonne de rebut, — très honnête au point de vue du bien d'autrui, fichtre ! et très courageuse, très capable, très docile, bigre ! — mais cependant affligée de quelque tare monstrueuse.

— Enceinte! avait dit le placeur, les mains ouvertes par l'évidence, on ne peut pas trouver pire!... Et c'est une race maigre, nerveuse, n'ayez crainte, ça travaillera jusqu'au dernier moment, jusqu'au fiacre de l'hôpital.... Et ça supporte tout sans broncher, par une idée de bête qui défend son ventre.... Vous pensez que je m'y connais, depuis le temps! Il en a passé sur mes registres, malheureusement! Mais je vous certifie que ce n'est pas du tout cette espèce-là qui se fiche à la Seine.

Les nouveaux patrons de Marie étaient des philanthropes de carrière, membre de sociétés, de comités, de patronages, candidats à tous les coucours de dévouement, à toutes les réclames, à toutes les primes de sauvetage. Leur incommensurable amour de l'humanité était attesté par de nombreuses récompensess, et ils cherchaient continuellement à enrichir leur palmarès.

Ils devaient par conséquent fournir échantillon à volonté, ils devaient tenir exposition permanente de magnanimité.

Ils venaient de perdre une orpheline, morte d'ingratitude, on pouvait le dire n'ayant jamais pu s'habituer à leur sollicitude. Et combien d'autres charités n'avaient-ils pas épuisées ainsi, jusqu'à disparition des bénéficiaires!

Dès qu'ils furent en possession de la bonne enceinte, ils l'exhibèrent, à profusion, à grand renfort de discours et de simulacres.

Ils convoquaient des experts ou des réfractaires à convertir ; ils la sortaient, la conduisaient chez des amateurs, ou chez des professionnels de la bienfaisance ; ils l'opposaient à des concurrents; ils s'acharnaient à rencontrer par hasard des gazetiers en actes méritants.

Et ils proclamaient avec une bonhomie exercée, sur un ton de négligence indéroutable:

— Qu'est-ce que vous voulez ? Nous sommes comme ça, des incorrigibles de la générosité, des risque-tout. Tant pis ! Il en résultera ce qu'il en résultera.... Cette fille, nous ne savons d'où elle sort, nous l'avons recueillie à cause même de sa déplorable conduite.... Et nous la gardons jusqu'au bout ! Nous subirons les dommages, car vous pensez ce qu'on peut attendre d'une telle moralité ! le bureau de placement même a essayé de nous dissuader.... De fait, regardez un peu : croyez-vous qu'elle a le masque vilainement ! Et quelle difformité intolérable ! Le fardeau est tout à droite... tournez-vous donc, Marie... oui, beaucoup plus à droite....

De jour en jour, ils guettaient, ils exposaient, ils dénudaient les progrès de la grossesse. Pas un instant, ils ne laissaient la fille dans l'ombre reposante qu'elle convoitait.

Quand ils ne faisaient pas palpiter en public sa chair, sa laideur et sa honte, ils harcelaient de tout près, à la piste, sa résignation laborieuse:

— Profitez de notre charité ! Travaillez ! Soyez heureuse de ne pas manquer d'ouvrage.

Leur appartement spacieux était hanté d'une si nombreuse clientèle que l'entretien du ménage aurait fatigué deux robustes manœuvres.

De l'aube au milieu de la nuit, la bonne allait, allait, telle une bête traquée. Muette, harassée, lourde, couverte d'opprobre, elle marchait, elle trottait, elle s'enlevait brusquement avec cette agilité gamine qu'un coup de fouet fait jaillir des carcasses les plus recrues.

— Frottez le parquet, cirez les meubles, faites une lessive. Profitez de notre charité.

Elle laissait, çà et là, des regards, des tressaillements, comme des traînées de sang.

*
* *

Chez les malades et chez les forçats, le pire sentiment de défaillance physique et de détresse morale s'appesantit le soir, après la pitance : la journée s'en va et l'évocation de « demain » arrive ! Alors, l'on voudrait désespérément se blottir en un coin perdu, loin des duretés du monde ; l'on voudrait, quitte à en mourir, pleurer silencieusement, interminablement, la tête cachée ; l'on voudrait crier, jusqu'à pâmoison, embrasser sa mère, ou seulement une créature consentante, ou seulement une chose douce, un souvenir d'enfance.

Si la galérienne se nomme Marie, sa joue mourante tombe et s'appuie et sanglote sur un tablier bleu mis en paquet au coin de la table de cuisine...

Debout, misérable ! C'est la sonnette du salon !

Debout et vite et vite ! Debout ce cœur, et ces yeux et cette pensée ! Debout cette agonie !

L'éclat lumineux des lampes ! La projection des glaces ! Les fauteuils brillamment occupés ? Et vlan ! à droite et vlan ! à gauche, et vlan ! à pleine face, la curiosité préparée cinglante.

Mais l'insulte sèche, c'est presque raffermissant ; attends un peu ! Et que tes mains gercées, tes mains d'esclave pendent comme des loques.

De petits cris effarouchés, un recul de dame sujette aux vapeurs, une gesticulation scénique, et une voix distinguée, plaintive et si pleine de philanthropie :

— Ah ! quelle horreur !

Et la patronne :

— Avancez, Marie... Faites donc un visage plus aimable, n'ayez pas scrupule, souriez, laissez-vous aller... inutile de dissimuler votre naturel... Ces dames savent, tout le monde est renseigné.

Alors, la voix, languissante vers la patronne :

— Vraiment, ma chère, vous méritez tous les prix Montyon.

Puis la même voix, ayant peur de se salir :

— Approchez, ma pauvre fille, car moi aussi, je veux m'aguerrir.

Et l'habileté complimenteuse de la dame s'empare de Marie. L'exhortation, d'apparence théorique et impersonnelle, s'acharne vers ce résumé : « Vous rendez-vous bien compte de la vertu de votre bienfaitrice ? Comprenez-vous ce sacrifice incroyable ? Êtes-vous reconnaissante et aussi êtes-vous repentante ?

Pensez-vous, malheureuse, à atténuer vos torts envers la société par une activité incessante, un zèle sans borne? Pensez-vous, malheureuse, à payer la dette de votre déshonneur? »

D'autres voix, pour varier, interviennent dans ce sens :

— Avancez que nous vous disions de quelle hauteur notre pitié descend à vous. — Venez recevoir l'eau glacée de notre éloquence. — Venez, que notre gluante commisération se ventouse à votre misère.

Et il faut dire merci. D'inflexibles griffes, au profond des entrailles, contraignent Marie à dire merci!

*
* *

Et voilà qu'un jour, la fruitière, Mme Fouchtrain, braillant sans vergogne, envoya une rude bourrade à Marie :

— Retirez-vous donc de dedans mes jambes! Avec vot'sacré ventre vous emplissez la boutique! Fourrez-vous dans un coin!

Devant cette brutalité, Marie tendit les bras. Sa bouche, ses yeux, toute sa substance se précipita frémissante, avide. Puis, exhalant ce qui restait de faculté affectueuse dans sa pantelante carcasse, elle chevrota :

— Vous ne connaîtriez pas une place où l'on serait battue?

La Mésange

Une vieille dame habitait à la campagne avec son chat nommé Mistigris. La maison était blanche avec un toit rouge, on y entrait par un perron, c'est-à-dire un escalier de pierre, comme celui de l'école, qui avait cinq marches et une rampe de fer.

Le jardin, devant la maison, était entouré d'un mur blanc, au-dessus duquel on pouvait passer la tête et il était tout plein de soleil, parce que les poiriers, les pommes et les cerisiers n'étaient guère plus hauts que le mur ; mais, en face du perron, il y avait un très gros marronnier, plus grand que celui de notre cour, qui donnait un bel ombrage sur la maison. Les arbres à fruits étaient placés sur deux rangs et, entre eux, on voyait une corbeille de fleurs dans le genre de celles des Buttes-Chaumont, au mois de mai, et on aurait dit d'une place de fête où les abeilles, les oiseaux et les papillons ne cessaient de passer et de se balancer.

Chaque jour, après le déjeuner, la vieille dame venait s'asseoir sur un fauteuil d'osier, au bas du perron et elle mettait ses lunettes et elle faisait de la tapisserie, en levant les yeux de temps en temps sur le marronnier où les feuilles remuaient doucement et faisaient un chuchotement comme certains élèves qui se figurent qu'on ne les enten pas.

Mistigris, qui ne quittait jamais sa maîtresse, s'installait sur la dernière marche. Assis, la queue sous les pattes, sans bouger il regardait les abeilles, les papillons qui tournaient autour des fleurs. Des grains d'or remuaient dans ses yeux et il avait l'air d'écouter avec ses yeux le bruit d'une charrette sur la route, le sifflet du chemin de fer très loin. Si une mouche s'approchait, il faisait un mouvement de tête, il surveillait aussi, de côté, sa maîtresse qui travaillait et quand il avait bien vu que rien n'était changé dans le monde, il se léchait les pattes, se mettait en rond et dormait.

*
* *

Un jour, comme la vieille dame allait s'asseoir dans son fauteuil d'osier, voilà qu'elle entend des cris d'oiseaux, ah! mais des cris aigus, précipités, affreux, et elle voit deux mésanges qui voletaient comme des perdues autour du marronnier; les ailes battaient vite et faisaient penser à des mains malheureuses qui tremblent, qui ne savent pas où se poser; les petits oiseaux approchaient des branches, s'éloignaient, approchaient encore : Mistigris était dans l'arbre auprès d'un nid où les petits montraient leur bec et c'était le père et la mère qui criaient pour le chasser.

Aussitôt la vieille dame, tout effrayée, appelle Mistigris! Mistigris! mais il ne veut pas venir, alors elle cherche quoi faire, elle ramasse des cailloux et les lance entre les branches.

Mistigris tourne bien la tête brusquement, d'un côté, de l'autre, comme un malfaiteur inquiet, mais les cailloux ne l'atteignent pas; il se jette sur le nid et vite, vite, il croque les petits, malgré l'égosillement affreux des deux mésanges.

Il descend de l'arbre, en voulant avoir l'air ignorant et tranquille; mais, avec des précautions de poltron, il avance une patte, puis l'autre, lentement.

Dès qu'il est par terre, la vieille dame pleurante et indignée le gronde sévèrement.

— C'est abominable ce qu'il a fait là, et il n'a pas d'excuse, il venait de déjeuner; et quand même il aurait eu faim, jamais, jamais il ne devait manger les petits oiseaux.

Mistigris rampait, levait à moitié sa tête sournoise, il voulait faire croire qu'il ne savait pas : on lui avait appris que c'était bien d'attraper les souris, alors il attrapait toutes les petites bêtes.

— Non! la dame disait qu'il ne devait jamais tuer, même des souris; car les souris sont de pauvres animaux qui ne font pas grand dégât.

Et elle le chassa en jetant son dernier caillou : allez-vous-en, vilain monstre!

Mistigris s'en alla bouder dans la maison dont la porte restait ouverte.

*
* *

Le lendemain, comme d'habitude, après le déjeuner la dame vient s'asseoir au bas du perron, à l'ombre. Mistigris derrière elle arrive, en s'étirant comme un paresseux; il se place sur la dernière marche. Aussitôt, ah! mon Dieu! une plainte déchirante sort du marronnier. C'est la mésange, la mère des petits oiseaux mangés, qui est perchée près du nid vide et qui reconnaît Mistigris. Elle lui envoie un cri, quelque chose comme un cuî, cuî, prolongé, mais non, un cri impossible à répéter et qui doit signifier : « Rends-moi mes petits! »

Et voilà cette plainte qui continue lente, pénétrante, toujours pareille. Alors, ce même gémissement, sans arrêter, toujours, toujours, cela fait une tristesse qui reste dans l'air comme du gris de brouillard et qui s'élargit, toujours, toujours.

Les autres oiseaux du jardin se taisent, on dirait que les feuilles cessent de bouger, que les fleurs se baissent, que les papillons se cachent.

Ce n'est pas seulement une plainte d'oiseau que l'on entend, c'est bien plus grand : c'est une plainte de maman! On dirait qu'il y a aussi l'arbre, le soleil, le ciel qui pleurent avec la mésange. Figurez-vous toutes les choses qui pleurent autour de vous. Sachez alors que toutes les mamans du monde, les mamans des enfants et les mamans des animaux, pleurent de la même manière quand on leur a pris leur petit, puisque l'on a fait du mal à la vie que nous respirons, puisque c'est tout qui souffre du même coup, c'est la maison et c'est la rue!

Les chats ne comprennent pas le langage des oiseaux; mais Mistigris a compris tout de suite la mésange, comme si c'était sa mère, à lui, qui pleurait! « Cuî, cuî, rends-moi mes petits! »

Il a regardé vite, là-haut, dans le marronnier, puis le voilà qui fait semblant de ne pas entendre, il tourne le front du côté des poiriers et des pruniers, il s'occupe des mouches qui volent là-bas, il cligne ses yeux, comme si leur poussière d'or le gênait, et il a l'air de compter les fleurs penchées, plus loin encore, tout là-bas.

Mais la mésange est toujours là, sur la branche, qui lève son petit bec, et le baisse et le relève, droit vers lui, sans arrêt, toujours, toujours, pleurant la même plainte : « Rends-moi mes petits! rends-moi mes petits! »

Malgré lui, peu à peu, Mistigris ramène ses moustaches devant l'arbre, il les incline et flaire attentivement la pierre du perron à ses pieds.

Mais la mésange continue de crier.

Et peu à peu, la tête de Mistigris se relève,

il faut qu'il regarde! il faut qu'il entende! il faut qu'il reste là, les yeux fixés sur la mésange qui le harcèle.

Alors les cris de la maman qui se penche et se redresse sans faiblir sont comme des aiguilles que chaque balancement enfoncerait; des frissons remuent le dos de Mistigris, ses poils font l'effet de l'herbe soufflée par le vent. Il se tient de plus en plus tendu d'attention, forcé de laisser entrer toute la peine et tout le reproche de la mère et le voilà torturé aussi de cette tristesse de toutes les choses qui se jette et s'amasse en lui. Il ouvre la bouche pour miauler, aucun bruit ne sort. Il veut se détourner, mais non, sa tête revient, il faut qu'il écoute.

Encore des frissons le long de son corps, et la plainte frappe sans rémission, toujours pareille, et il est malheureux, il ne peut rien, rien. Cela devient tellement intolérable qu'il arrive à faire vers sa maîtresse un miaulement suppliant :

— Je t'en prie, délivre-moi, fais-la taire.

La vieille dame écoute l'oiseau, malheureuse aussi, les deux mains sur ses genoux, ayant laissé tomber sa tapisserie par terre. Elle répond tout bas, gravement :

— Non, non, Mistigris, tu as mangé ses petits.

Mistigris reste cloué là et ne répète même pas son miaulement misérable.

Tout à coup, il essaie encore de jeter sa tête de biais, son dos tressaille d'une secousse violente et ses oreilles s'applatissent : voilà qu'il a peur!

En effet, le cri de la mère change; maintenant c'est un cri de colère : « Ah! tu ne veux pas me rendre mes petits! » C'est un cri de colère terrible, irrésistible; il révolte l'air tout autour.

Et un oiseau arrive près de la mésange, sur une branche : c'est le père des petits oiseaux mangés.

— Va! va! crie la mère.

Alors, excité, le père s'envole, fait un cercle, sans bruit, vers Mistigris et revient à l'arbre. Mistigris effrayé ne bouge pas et malgré ses prunelles qui ne veulent pas, il voit l'oiseau! Il entend le silence des ailes, il sent leur battement.

— Va! va!

***

Alors le mâle décrit des courbes de plus en plus rapprochées de Mistigris, et chaque fois aussi il revient se percher de plus en plus près de Mistigris. Il ne le quitte pas, il le vise, il mesure la distance, le voici sur la plus basse branche, le voici sur la rampe du perron, le voici sur une marche.

Mistigris baisse le cou, il respire en dessous, de côté, il ne peut plus bouger ; le cri terrible de la mère le paralyse.

Et soudain, oui, là, vraiment, le petit oiseau pas plus gros qu'une noix s'abat sur le front du chat, entre les oreilles et tiens donc, à coups de bec, furieusement, sur son nez : tiens donc, méchant! mangeur de pauvres petits innocents,

Puis il s'envole, va rejoindre la mère mésange.

Un grand silence. Tout le jardin regarde Mistigris.

Mistigris abattu, sentant que toute la nature est contre lui, toutes les choses et tout ce qui respire, ne pouvant plus rester devant l'arbre, ne pouvant plus rester devant les plantes, ni devant la lumière, Mistigris se coule misérable, la queue basse, vers la maison : il se traîne dans un coin noir.

***

Et tous les jours au moins pendant un mois, dès que Mistigris, après le déjeuner, apparaissait auprès de sa maîtresse, la mère mésange était là dans l'arbre qui attendait et qui commençait aussitôt sa plainte déchirante, incessante et toujours pareille : « Cuî, cuî, rends-moi mes petits ! »

Mistigris l'écoutait, la tête fixe.

Puis le mâle arrivait.

Mais Mistigris s'en allait dès qu'il le voyait voler en rond et s'approcher.

Enfin, Mistigris n'eut plus le courage de se poser sur le perron. Il descendait les cinq marches, apercevait la mésange dans l'arbre et s'en retournait....

***

Cette bonne mésange, ses petits lui ont été rendus ; le nid est refait ; le nid est habité.

Mistigris a regardé le nid renaître, du haut du perron et un jour il a compris qu'il était pardonné. Il revient s'asseoir à sa place ordinaire sur la dernière marche, auprès de la vieille dame qui fait de la tapisserie.

La mère mésange ne se plaint plus ; on voit sa tête qui sort du nid. Elle et Mistigris restent des heures à se regarder, sans crainte, sans méchanceté.

Mistigris devenu très sage songe profondément. Il songe qu'une maman de mésange est plus forte qu'un chat armé de ses griffes et de ses crocs ; il songe à cette chose qui torture les chats mangeurs d'oiseaux ; il songe à cette chose qui fait renaître les petits oiseaux mangés.

De temps en temps, le mâle apporte la becquée. La mère se lève, les petits becs s'agitent dans le nid.

Alors, Mistigris fait semblant d'avoir entendu du bruit dans la maison ; il se dérange tout doucement et se pose, tournant le dos à l'arbre.

FIN

Collection "In Extenso"

ANCIENNE SÉRIE (N°s 1 à 24)

Le volume, **0. 45**; franco, France, **0. 55**; Étranger, **0. 65**

❋ ❋ ❋

LISTE DES VOLUMES

1. **La Discorde,** par Abel HERMANT.
2. **Le Silence,** par Edouard ROD.
3. **L'Autre Femme,** par J.-H. ROSNY.
4. **Élisabeth Couronneau,** par Léon HENNIQUE.
5. **Les Cœurs Nouveaux,** par Paul ADAM.
6. **L'Amour Meurtrier,** par M. SERAO.
7. **Les Ames en peine,** par BJORNSON.
8. **La Fin des Bourgeois,** par Camille LEMONNIER.
9. **Défroqué,** par E. DAUDET.
10. **La Payse,** par Ch. LE GOFFIC.
11. **En Exil,** par G. RODENBACH.
12. **Les Revenants,** par IBSEN.
13. **La Puissance des Ténèbres; les Spirites,** par TOLSTOI.
14. **Rivalité d'Amour,** par SIENKIEWICZ.
15. **Le Mort,** par C. LEMONNIER.
16. **L'Amour Masqué**, inédit de BALZAC.
17. **Amis,** par E. HARAUCOURT.
18. **Le Cochon dans les Trèfles,** par MARK TWAIN.
19. **Dans les Orangers,** par BLASCO IBANEZ.
20. **Un Duo,** par CONAN DOYLE.
21. **Lucie Guérin,** par J. BERTHEROY.
22. **Le Galérien,** par JONAS LIE.
23. **Une Teigne,** par L. DESCAVES.
24. **La Justice des Hommes,** par Grazia DELEDDA.

CORBEIL. Imprimerie CRÉTÉ.

IMPRIMERIE CRÉTÉ
CORBEIL (S.-ET-O.)

www.ingramcontent.com/pod-product-compliance
Lightning Source LLC
LaVergne TN
LVHW020035170826
845678LV00001B/266

* 9 7 8 2 3 2 9 6 9 6 8 6 7 *